BIBLIOTHÈQUE CONTEMPORAINE

—

BRET-HARTE

—

CROQUIS AMÉRICAINS

TRADUCTION DE

LOUIS DESPRÉAUX

PARIS

CALMANN LÉVY, ÉDITEUR

RUE AUBER, 3, ET BOULEVARD DES ITALIENS, 15

A LA LIBRAIRIE NOUVELLE

—

1882

CROQUIS AMÉRICAINS

PARIS. — IMPRIMERIE CHAIX, 20, RUE BERGÈRE. — 14154-2.

BRET HARTE

CROQUIS
AMÉRICAINS

TRADUCTION DE

LOUIS DESPRÉAUX

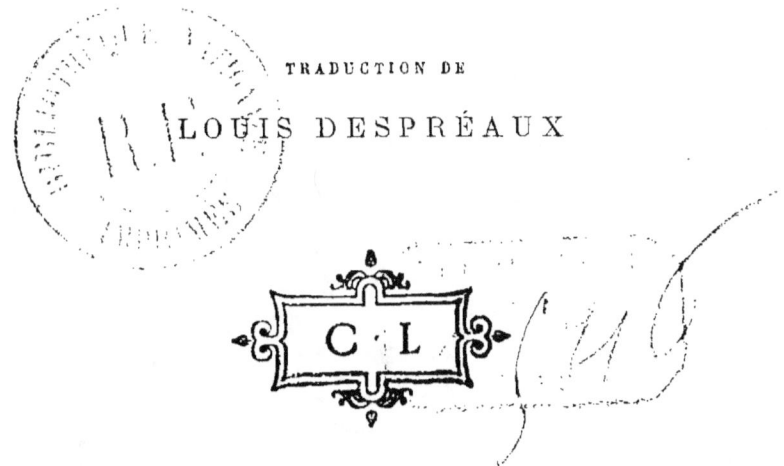

PARIS
CALMANN LÉVY, ÉDITEUR
ANCIENNE MAISON MICHEL LÉVY FRÈRES
3, RUE AUBER, 3

1882

AVERTISSEMENT DE L'ÉDITEUR

L'éloge des *Récits Californiens* de M. Bret Harte n'est plus à faire. On l'a dit avec raison, le Pégase qu'il monte est bien à lui, et n'est pas un cheval de louage. En cherchant de l'or dans les placers du Pacifique, cet Argonaute a trouvé ce qui est plus précieux et plus rare, un nouveau filon littéraire.

Dans *Thankful Blossom,* que nous présentons aujourd'hui au public français, le charmant conteur américain s'écarte un peu de sa manière ordinaire pour faire une incursion sur le domaine historique.

Quant aux *Croquis* qui font suite à ce récit, ce

sont des notes toutes contemporaines. Elles nous donnent les impressions de l'ex-mineur californien, désormais revenu à la vie civilisée, au mouvement des grandes villes.

THANKFUL BLOSSOM

C'était en l'an de grâce 1779, à Morristown,
New-Jersey. Il faisait un froid terrible. Au
lever du soleil, il y avait eu un semblant
de dégel, mais bientôt le vent du nord-est
avait de nouveau durci la boue sur la route
de Baskingridge et pris un moule durable
du trafic de la journée.

Les empreintes laissées par le piétinement de la cavalerie, les profondes ornières
tracées par les charrettes du commissariat,
les fossés plus profonds encore creusés par
les roues de l'artillerie, étaient comme
empesés dans le crépuscule d'un soir d'avril.

1

Les clôtures étaient hérissées de glaçons,
les érables couverts de frimas d'argent sur
le côté qu'ils présentaient au vent. La roche,
en affleurant sur la route, y laissait des
places nues et pelées, comme si la nature
eût usé sa robe d'hiver aux genoux et aux
coudes, à force d'attendre un printemps
tardif. Quelques feuilles, déterrées par le
dégel et de nouveau durcies, couraient
devant le vent avec un bruit sec et semblaient emporter avec elles tout espoir de
voir jamais revenir cette saison lointaine
et oubliée, l'été.

Çà et là les haies et les murs étaient
abattus ou démantelés sur les côtés de la
route, et plus loin des champs de neige
souillée, noircie, couverte de lambeaux de
cuir, de vieux uniformes déchirés, de débris
de toute sorte, montraient que des troupes
avaient récemment campé sur ce point.
On y voyait encore les ruines de quelques
huttes grossières ou de fortifications volantes
d'un caractère assez primitif, que des fauves
s'étaient déjà empressés d'adopter pour

demeure. Un renard courant au bord d'un fossé à demi comblé, un loup embusqué derrière un ouvrage de terre étaient les images vivantes de cet abandon.

Peu à peu les feux mourants dont le soleil, avant de disparaître, avait faiblement doré l'horizon, s'étaient éteints à leur tour. Les crêtes lointaines des monts Orange s'assombrirent, les longues lignes de pins sur le Whatnong n'apparurent plus que comme un fond noir. La nuit vint, et avec elle un silence glacial, un silence qui semblait geler et arrêter le vent même. Les feuilles sèches cessèrent de fuir ; les longs fouets flottants des aunes et des saules cessèrent de claquer ; les glaçons suspendus aux branches dépouillées ne tombèrent plus à terre comme des fruits d'hiver ; des deux côtés de la route, les arbres semblèrent pétrifiés.

Aussi le bruit des sabots d'un cheval, qui arrivait en cassant à chaque pas les minces pellicules de glace dont toutes les inégalités de la route étaient tapissées, eût-il pu être entendu à un mille de là des avant-postes de l'armée continentale.

Peut-être était-ce cette circonstance, peut-être aussi était-ce seulement l'état de la route qui irritait le cavalier. Toujours est-il qu'avant même qu'il fût visible, on pouvait saisir ses continuelles imprécations contre le chemin, contre sa monture, contre les gens du pays et contre le district en général.

— Te tiendras-tu sur tes jambes, maudite rosse?... Sauteras-tu, à la fin?... Que le diable emporte la route et les gueux de fermiers qui ne savent même pas la tenir en état! etc.

Un instant la forme du cavalier et de son cheval émergea de l'ombre et surgit sur la crête; on la vit s'agiter, puis disparaître, et en même temps le bruit des sabots cessa.

L'étranger avait tourné bride dans un sentier désert et encore capitonné de neige vierge. Sur l'un des côtés de ce sentier, un mur de pierre en meilleur état que toutes les clôtures d'alentour, témoignait chez son possesseur d'un sens marqué de ses droits et de ses devoirs. A peu près à mi-chemin, le cavalier s'arrêta, mit pied à terre et attacha sa monture à un arbre. Cela fait, il avança sans bruit vers le bout du sentier et arriva devant une ferme dont l'une des fenêtres brillait dans la nuit de plus en plus épaisse.

Tout à coup il s'arrêta, parut hésiter et laissa échapper une exclamation d'impatience. La lumière avait disparu.

Il tourna vivement sur ses talons et revint sur ses pas jusqu'à la hauteur d'une sorte de hangar séparé du mur par quelques pas à peine. Tout près de là, un orme gigantesque projetait sur la neige l'ombre de son squelette décharné. L'étranger se plaça dans cette ombre, avec laquelle il se confondit.

C'était assurément, pour le présent, un singulier lieu de rendez-vous. Les branches de l'arbre, l'écorce du tronc, la paroi du mur voisin, tout était hérissé de glaçons. Et pourtant l'aspect même de ce coin solitaire suggérait je ne sais quel contraste bizarre entre sa congélation actuelle et les traces qu'il avait gardées d'un sentiment tout opposé. Par exemple, il était aisé de voir que plusieurs pierres du mur avaient été détachées de manière à laisser dans la paroi une sorte de brèche et de niche ; et sous l'habit d'hiver de l'ormeau on pouvait encore reconnaître, gravés sur l'écorce, l'image d'un cœur, des initiales, et la devise : « A toi pour toujours ! »

Ces détails n'étaient pourtant pas le sujet de l'attention du nouveau venu. Il tenait ses yeux uniquement fixés sur le hangar et sur le terrain nu qui s'étendait au delà.

Cinq minutes s'écoulèrent dans cette attente. Dix minutes... Puis la lune se leva lentement sur la longue chaîne des monts Orange, et le regarda bien en face, en rougissant un peu, comme si le rendez-vous eût été pour elle.

Le cavalier qu'elle venait ainsi d'éclairer en plein était un grand beau garçon d'une trentaine d'années, solidement bâti et d'al-

lure si clairement militaire que, même sans
ses épaulettes et ses revers en peau de buffle,
on aurait aisément reconnu en lui un capitaine de l'armée continentale. Pourtant il
y avait dans l'expression de ses traits comme
un démenti donné à la virilité de toute sa
personne, — une sorte de disposition à
s'irriter et à se plaindre qui pouvait sembler
incompatible avec sa haute stature et sa
force physique. Cette humeur chagrine ne
fit qu'empirer à mesure que les minutes
s'écoulaient sans amener le moindre mouvement dans les alentours. A la fin, décidément las d'attendre, il commença de battre
le mur à grands coups de pied.

— Mou-ou-ou-ou !

L'officier tressaillit.

Certes, il n'avait pas eu peur, et il avait
tout de suite reconnu dans ces longues
syllabes le mugissement indolent et profond
d'une vache. Ce qui l'avait surpris, c'est
qu'il éclatât si près de lui, tout contre le
mur. Si un animal de la taille d'une vache
avait pu s'avancer ainsi sans qu'il s'en

doutât, n'était-il pas possible qu'*elle* aussi...

— Mou-ou-ou-ou !

Il se rapprocha du mur en cherchant dans sa mémoire tous les noms de vache qu'il connaissait :

— Ici, Curhy, Mooly!... Ici, Bossy! disait-il d'une voix persuasive en avançant doucement.

— Mou-ou...

Ici le mugissement s'arrêta tout à coup et finit en un très humain et même très musical petit rire.

— Thankful! s'écria l'officier en essayant de rire, lui aussi, mais sans trop y parvenir, comme une tête mignonne encadrée dans un capuchon s'élevait au-dessus du mur.

— Eh bien! répondit l'apparition en appuyant un charmant menton à fossette sur ses mains, après avoir tranquillement placé ses coudes sur le mur : eh bien!... qu'attendiez-vous donc? Pensiez-vous que j'allais rester là toute la nuit sans rien dire pendant que vous bayez à la lune? ou bien fallait-il vous appeler par votre nom?...

Peut-être j'aurais dû crier de toutes mes forces : capitaine Allan Brewster !

— Y pensez-vous, Thankful ? on va vous entendre !

— Capitaine Allan Brewster du contingent de Connecticut, poursuivit la jeune fille en feignant d'élever une voix fraîche et mélodieuse qui n'aurait pourtant pas été entendue à dix pas, capitaine Brewster, voici votre très humble et très obéissante servante et fiancée affectionnée.

Cependant le capitaine Brewster, après une légère escarmouche sur le haut du mur, avait réussi à s'emparer d'une des mains de la jeune fille. Sur quoi, elle parut s'humaniser un peu, tout en ayant l'air de résister encore pour la forme.

— Ce n'est pas pour tout le monde que je mugirais, dit-elle en faisant une jolie moue, et il y a peut-être des gens qui n'auraient pas si mal pris ma plaisanterie.... Mais sans doute aussi il ne manque pas de belles dames aux assemblées de Morristown aux yeux desquelles elle paraîtrait déplacée.

1.

Le capitaine avait fini par escalader le
mur et par entourer de son bras la taille
de la jeune fille.

— Il faut me pardonner ma surprise, ma
mignonne, je n'en ai pas été le maître...
Mais dites-moi un peu, reprit-il en soule-
vant avec son doigt le joli menton rond et
mettant deux beaux yeux en pleine lumière,
dites-moi un peu pourquoi vous avez retiré
le signal de la fenêtre. Qu'est-il donc arrivé?

— Simplement des hôtes inattendus, répondit Thankful. Le comte est venu.

— Le maudit Allemand?...

Il s'arrêta et la regarda bien droit dans
les yeux. La lune la regardait aussi et sa
face n'était pas plus calme, plus honnête,
plus sincère que celle de la jeune fille. Peut-
être ces deux coquettes se comprenaient-elles.

— Mais non, Allan, ce n'est pas un Allemand, c'est un exilé, un gentilhomme...

— Bon ! est-ce qu'il y a encore des gen-
tilshommes? fit le soldat d'un ton méprisant.
Tous les hommes naissent égaux et libres.
Ainsi l'a décrété le Congrès.

— Ce qui n'empêche pas qu'ils ne le sont pas, Allan, dit Thankful avec un léger trouble dans la voix. Les vaches elles-mêmes ne naissent pas égales. Croyez-vous que le petit veau de Brindle soit l'égal de ma génisse rouge, dont la mère est venue par mer en droite ligne du Surrey? Est-ce qu'ils ont seulement l'air d'être égaux?

— Bah! les titres ne seront jamais que du vent, dit le capitaine Brewster d'un air bourru.

Il y eut un silence embarrassant.

— Enfin, il reste toujours au moins un gentilhomme, reprit Thankful, et c'est mon gentilhomme à moi, celui que j'ai choisi.

Le capitaine Brewster ne répondit pas. Certains gestes fripons et sourires malins dont la jeune fille avait accompagné sa déclaration semblaient impliquer que le gentilhomme en question n'était autre que lui-même. En tout cas, il prit le parti de le supposer, et de la serrer sur sa poitrine; de son côté elle avait passé ses bras autour du cou du jeune homme, que sa mante cou-

vrait maintenant à demi. Ils restèrent quelques instants silencieux, se berçant légèrement d'un côté à l'autre à peu près comme
fait un métronome, mouvement éminemment
bucolique, pastoral et idyllique, qui n'aurait
pu échapper à l'observation de Théocrite et
de Virgile.

Il est à remarquer que, dans ces occasions
suprêmes, la faible femme sait beaucoup mieux
garder son sang-froid que son illustre seigneur et maître. Aussi, tandis que le brave
capitaine perdait la tête sur ses lèvres de
rose, miss Thankful entendit-elle très distinc-
tement le bruit sec du loquet à la porte de
la ferme, et au même instant remarqua que
la lune montait décidément et devenait un
témoin dangereux. Elle se dégagea des bras
du capitaine, d'un mouvement doux et
tendre, mais ferme, et lui faisant place sur
la crête du mur :

— Cher Allan, dit-elle d'une voix calme,
dites-moi tout.

Elle levait ses beaux yeux vers lui, ses
yeux sérieux, presque graves, et dans la

brune profondeur desquels il y avait pourtant une expression de confiance ; des yeux dont les lourdes paupières étaient chargées de tendresse et qui en même temps semblaient dire à l'homme qui les regardait : « Je suis sincère et loyale, soyez-le avec moi... » En vérité, je suis convaincu que pas un être humain, dans les rangs du sexe impressionnable auquel je m'honore d'appartenir, n'aurait pu rencontrer ces yeux suppliants sans être tout prêt à se parjurer mille fois plutôt que de désappointer celle qui en était armée.

La face du capitaine Brewster avait repris son expression habituelle de mécontentement.

— Tout va de mal en pis et la cause est perdue, Thankful, fit-il. Le Congrès ne fait rien et Washington n'est pas l'homme qu'il nous faudrait dans une crise comme celle-ci. Croiriez-vous qu'au lieu de marcher sur Philadelphie et d'enfoncer à la baïonnette la misérable racaille que Hancok et Adams décorent du nom d'armée, il passe son temps à écrire des lettres ?

— J'ai toujours dit que ce n'est qu'un so-
lennel imbécile, répondit mistress Thankful
avec indignation sincère. Et sa femme !...
parlons-en un peu. Vous rappelez-vous sa
conduite quand mistress Ford et mistress
Baily — ce qu'il y a de mieux dans le
comté — partirent dans leurs plus beaux
atours pour aller saluer Son Excellence ?
Milady les reçut en tablier de cuisine, sous
prétexte qu'elle faisait ses cornichons. En
voilà de la politesse ! Comme si tout le
monde ne savait pas pourquoi milady est
venue à bride abattue du fond de la Virginie, avec tous ces beaux messieurs, et
tombée à l'improviste sur le général ! Elle
voulait tout simplement voir de ses yeux
ce qu'il faisait à ces fameuses assemblées
dansantes. Et c'était du beau, oui !...

— Bon, bon, tout cela est du commé-
rage, ma chère Thankful, dit le capitaine
Brewster comme pour l'acquit de sa conscience. Les assemblées dansantes ont été
imaginées par le général pour donner de
la confiance aux habitants des villes et

pour rendre les quartiers d'hiver un peu
plus supportables. Pour moi, vous le savez,
j'y vais très rarement. Je n'ai aucune
envie de gambader et de danser la gavotte
pendant que ma patrie traverse de si ter-
ribles épreuves. Non, Thankful, vous
pouvez m'en croire. Ce qui nous manque
c'est un chef ! Et les hommes du Connecticut le savent bien, allez... Si l'on a parlé
de moi à ce sujet, reprit le capitaine en
gonflant légèrement sa vaste poitrine, c'est
qu'on sait quels ont été mes sacrifices à la
cause nationale ; c'est que les milices de la
Nouvelle Angleterre connaissent mon dé-
vouement ; elles n'oublient pas ce que j'ai
souffert, ce que je souffre encore...

La jolie figure qui était levée vers lui
s'enflamma soudain de sympathie féminine, le fin sourcil se fronça, les yeux si
doux s'humectèrent de tendresse.

— Pardonnez-moi, Allan, fit-elle... J'ou-
bliais... peut-être, ami, avez-vous faim ?...

— Non, je n'y pense pas, en tout cas,
répondit le capitaine avec un sombre stoï-

cisme. Le fait est pourtant, reprit-il, que depuis huit jours je ne sais plus quel est le goût de la viande.

— J'ai — j'ai apporté quelques petites choses, dit la jeune fille non sans hésiter beaucoup devant cet aveu. Elle se baissa et prit au pied du mur un panier qu'elle avait déposé dans l'ombre. Voici une paire de petits poulets comme le commandant en chef serait bien en peine d'en trouver pour sa table... Je la gardais en réserve pour *mon* commandant à moi!... Voici un pot de marmelade que j'ai conservé de l'été dernier pour mon Allan... *(Très tendrement.)* J'ai pensé aussi, ami, que vous feriez bon accueil à un morceau de ce jambon que vous aimiez tant... Ah! mon petit fiancé chéri, quand nous retrouverons-nous assis à notre vieille table?... Verrons-nous seulement la fin de la guerre?... *(D'un ton insinuant :)* Ne pensez-vous pas, ami, qu'il vaudrait mieux se soumettre? Le roi George ne peut pas être un si méchant homme après tout... Je me dis souvent, ami, que vous et lui *(Avec l'accent d'une entière conviction)*, vous arriveriez en deux minutes à vous entendre, sans tous ces Washington qui ne font rien que faire mourir de faim le pauvre monde... Ah! si le roi vous connaissait seulement, mon Allan, s'il pouvait vous voir comme je vous vois, il ferait justement ce que vous voudriez qu'il fît.

Tout en parlant, elle lui passait les comestibles susmentionnés, qu'il s'empressait d'emmagasiner dans les réceptacles variés que présentaient les profondeurs de ses vêtements. Une différence était à noter, toutefois : c'est que les mouvements de la jeune fille, au cours de cette opération domestique, étaient gracieux et pittoresques, tandis que ceux de l'officier, avec ses larges épaules et son uniforme sévère, auraient pu donner à rire à qui les aurait suivis.

— Pour moi, fillette, dit-il en mettant des œufs dans ses poches et en serrant les poulets sur sa vaillante poitrine, je n'ai pas de pensée égoïste, et plus d'une fois

peut-être, j'ai retenu sur mes lèvres de
bons conseils qui n'auraient pas été suivis.
Mais je me dois à mes hommes, et je me
dois au Connecticut (il noua dans son
mouchoir le pot de marmelade), et pourquoi ne pas l'avouer ? J'ai quelquefois pensé
que si l'on me poussait à bout je pourrais bien me laisser aller, pour le bien de
la cause, à des mesures extrêmes. Je ne
prétends certes pas au commandement,
mais...

— Et pourquoi pas ? s'écria Thankful
avec enthousiasme. Si vous étiez seulement
à la tête de l'armée, je gage que la paix
serait signée avant quinze jours.

Il n'est pas de flatterie, si outrageuse
qu'elle soit, qu'un homme n'accepte sans
sourciller de la femme dont il se croit
aimé. Laissé à lui-même et en se plaçant
au point de vue de la froide humanité, il
pourra bien avoir quelques doutes sur sa
propre valeur relative ; mais au fond, il se
dit que cette pauvre créature, du moins,
le comprend, et qu'elle exprime une sorte

de vérité éternelle et absolue. Le suffrage
de deux lèvres jeunes, rouges et brillantes,
ne vaut-il pas, après tout, celui de la pos-
térité ?

Le soldat boutonna le compliment sur
son cœur en même temps que les poulets.

— Je crois que vous devez partir maintenant, Allan, reprit-elle de cet air quasi-
maternel que la plus jeune fille aime à
prendre avec son amoureux, comme si la
poupée qu'elle grondait hier avait subitement changé de sexe pour devenir un
homme fait. Vous devez partir maintenant,
ami, car il se peut que mon père ait déjà
remarqué mon absence plus qu'il n'est nécessaire... Vous reviendrez mercredi prochain, n'est-ce pas, chéri, et vous n'irez
pas aux assemblées, ni chez mistress Ju-
dith, et vous ne prendrez pas des demoiselles en croupe sur votre cheval noir, et
vous ne me cacherez plus que vous souf-
frez la faim...

Son regard était si tendre, si suppliant et
si chaste, que le capitaine ne put s'empêcher

de lui donner un baiser. Puis vint l'embrassade finale, dans laquelle il apporta sinon de la négligence, du moins un calme et des précautions qui avaient probablement leur raison d'être dans la nature éminemment fragile de quelques-unes de ses provisions. Après s'être assuré que les œufs n'en avaient pas souffert, en les tâtant au fond de sa poche, il adressa de l'autre main un salut militaire à miss Thankful, et s'éloigna.

Quelques minutes plus tard, le sabot de son cheval résonna de nouveau sur le flanc glacé de la hauteur.

Comme il arrivait au sommet, deux cavaliers sortirent tout à coup de l'ombre, sur les côtés de la route, et le prièrent de s'arrêter.

— Le capitaine Brewster, si je vois bien au clair de lune? fit en saluant gravement le plus proche des deux inconnus.

— Lui-même. N'est-ce pas au major Vanzandt que j'ai l'honneur de parler? répondit Brewster.

— Parfaitement... Je regrette d'avoir à vous informer, capitaine Brewster, que vous êtes mis aux arrêts.

— De l'ordre de qui?

— Commandant en chef.

— Pourquoi?

— Tentative de rébellion et manque de respect à vos supérieurs.

L'épée que le capitaine Brewster avait tirée, à l'apparition soudaine de deux étrangers, trembla un instant dans sa main. Mais presque aussitôt, en frappant un grand coup sur le pommeau de sa selle, il la cassa en deux et jeta les morceaux aux pieds du major.

— Marchons, dit-il d'un air sombre.

Le major ne sourcilla pas.

— Capitaine, dit-il avec une gravité parfaite, je ne me permettrais pas de vous signaler les inconvénients d'un mouvement aussi vif, s'ils n'étaient particulièrement dangereux pour les rations que vous avez dans vos poches. Ou je me trompe fort ou elles en ont souffert presque autant que votre épée... En avant, marche !

Le capitaine Brewster baissa les yeux et retint son cheval, de manière à rester un peu en arrière. Les jaunes de la plus précieuse offrande qu'il eût reçue de mistress Thankful coulaient lentement vers le sol, le long des flancs de sa monture.

II

Mistress Thankful resta appuyée au mur
jusqu'à ce que son fiancé eût disparu.
Alors seulement elle se retourna, et se
glissant comme une ombre légère sous le
bord du hangar, puis d'arbre en arbre à
travers le verger, s'arrêtant de temps à
autre comme une truite fait sous le bord
de la rive, en franchissant un bas-fond,
elle parvint à regagner la ferme et la
porte de la cuisine. De là, par l'escalier
de service, elle fut bientôt rentrée dans
son petit nid. Elle ralluma la chandelle
qu'une demi-heure plus tôt elle avait retirée

de la fenêtre, la plaça sur la commode
et se débarrassa de la mante et du capuchon dont elle était enveloppée. Se plaçant
ensuite devant sa glace, elle se mit en devoir de lisser ses cheveux et de replacer
bien droit certain grand peigne de corne
que le bras du capitaine avait légèrement
dérangé; enfin elle s'occupa activement
d'effacer toute trace de la récente entrevue.
Il sera permis de faire remarquer ici qu'un
homme revient habituellement d'un rendez-vous dans un état de distraction ou
d'embarras qui l'accuse à première vue,
et montre une déplorable facilité à ne pas
remarquer que sa cravate est fripée ou
qu'un fin cheveu blond est resté accroché
aux boutons de son habit. Mais pour mademoiselle, jamais rien de pareil... Est-ce
que les pattes lisses et la figure innocente
de Minette laissent jamais soupçonner
qu'elle vient de visiter le pot au lait?

Thankful donna un dernier coup d'œil à
son miroir et fut, j'ai tout lieu de le croire,
satisfaite de son examen. Elle en avait as-

surément le droit. Son corsage n'était
pourtant qu'un bout d'indienne à fleurs,
simplement froncé autour du cou et re-
tombant sous un angle de quinze degrés
sur un jupon court de laine grise. Mais la
perfection et la symétrie d'une forme féminine sont si sûrement trahis par l'aplomb
et le contour d'une de ses parties, qu'il
suffisait de noter le port gracieux de sa
jolie tête brune, ou la rondeur des lignes
qui venaient mourir à ses fines chevilles,
ou les petits pieds qui se cachaient dans
des souliers à grandes boucles, pour savoir
que tout le reste était la beauté même.

Elle rouvrit sa porte et écouta. Puis,
descendant l'escalier sans bruit, elle arriva
dans la grande pièce d'entrée sur le devant
de la maison. Cette pièce n'était pas éclairée,
mais sous la porte du « salon de compagnie » ou parloir, passait un petit filet de
lumière. Thankful se tenait immobile, indécise sur ce qu'elle devait faire, quand une
main saisit la sienne dans l'obscurité et
l'entraîna vers le petit salon qui s'ouvrait

en face du parloir. La main invisible
tâtonna sur la cheminée, à la recherche du
briquet et de l'amadou ; il y eut deux ou
trois mots grommelés contre les meubles
sur lesquels on se heurtait, et Thankful se
mit à rire. Un instant après, la chandelle
était allumée — et la jeune fille se trouvait
en présence de son père, un homme de
soixante ans, tout gris et tout ridé.

— Vous êtes sortie, mistress ?

— C'est vrai, dit Thankful.

— Et vous n'étiez pas seule dans le verger ? gronda le vieux homme.

— Non, dit miss Thankful avec un
sourire qui commença au coin de ses yeux
noirs, descendit vers les coins de sa bouche,
et finit par montrer deux rangées de dents
blanches. Non certes, je n'étais pas seule.

— Et avec qui étiez-vous ? reprit le
vieux, visiblement radouci déjà par tant
d'aisance et d'effronterie.

— Vous voulez le savoir, père ? dit Thankful en s'asseyant près de la table et en balançant ses petits pieds vers lui avec une

sorte de mutinerie, eh bien ! j'étais avec le capitaine Allan Brewster, du contingent de Connecticut.

— Cet homme ?

— En personne.

— Je vous défends formellement de le revoir.

Thankful prit le bord de la table à deux mains comme pour donner plus de force à sa déclaration, et, balançant toujours ses petits pieds, répondit tranquillement :

— Je le reverrai aussi souvent qu'il me plaira, cher père !

— Thankful Blossom !

— Abner Blossom !

Ici Blossom jugea à propos d'abandonner définitivement le ton de sévérité paternelle qu'il avait vainement adopté.

— Je vois, dit-il en grande confidence, que vous ne savez pas ce qu'on dit de lui. Il est accusé d'avoir poussé son régiment à la révolte, de trahir la cause, en un mot.

— Et depuis quand, je vous prie, Abner Blossom, la cause vous tient-elle tant à

cœur? Est-ce depuis que vous avez refusé
de fournir des vivres à l'armée continentale,
si l'on ne vous assurait cent pour cent de
bénéfice? ou depuis que vous étiez si con-
tent, disiez-vous, que je ne me sois jamais
mêlée de politique, comme mistress Ford...

— Chut! fit le père en montrant le parloir.

— Chut! répéta Thankful, indignée. Je
ne me laisserai pas arrêter par un chut!...
C'est donc une gageure, à la fin? Tout le
monde me dit chut. Le comte, puis Allan,
puis vous. Je suis lasse de tous ces chut...
Ah! s'il y avait seulement un homme qui
voulût bien me laisser parler à mon aise!...

Elle leva ses beaux yeux au plafond.

— Vous êtes si étourdie et si indiscrète,
Thankful. Il faut bien vous le dire...

La jeune fille se taisait. Pendant quelques
minutes, elle balança ses pieds en silence;
puis tout à coup, se levant d'un saut et sai-
sissant le bord de l'habit de son père, elle
fixa sur lui des yeux chargés de soupçon:

— Pourquoi m'avez-vous empêchée d'entrer au parloir ? demanda-t-elle. Pourquoi m'avez-vous amenée ici ?

Blossom père hésita.

— Parce que, dit-il, vous savez bien... le comte...

— Ah ! vous ne voulez pas que le comte sache que j'ai un amoureux ? Eh bien ! je vais justement le lui dire ! reprit-elle en se dirigeant vers la porte.

— En ce cas, pourquoi ne lui le avez-vous pas dit il y a une heure, quand vous vous êtes échappée, hein, fillette ? fit le bonhomme en la retenant. Mais cela m'est bien égal, après tout, et ce n'est pas à cause de lui que je vous ai arrêtée à la porte... Il y a un autre damoiseau avec lui, maintenant, un jeune galant qui est arrivé comme vous veniez de sortir. Le comte et lui sont en train de bavarder dans leur patois, une espèce d'italien, je suppose, n'est-ce pas, Thankful ?

— Je ne saurais dire, répondit-elle d'un ton pensif. De quel côté est venu ce nouveau visiteur ? ajouta-t-elle.

2.

Une vague frayeur d'avoir été vue embrassant le capitaine commençait à s'emparer d'elle.

— Il venait de la ville, fillette.

Thankful regarda son père.

— Eh bien? fit-elle.

— Eh bien, ne pensez-vous pas que vous pourriez vous attifer un peu? Un tour-de-gorge, des falbalas, que sais-je, moi? dit le bonhomme. Celui-ci est un beau monsieur, fillette, ce n'est pas un galant de province...

— Non, fit Thankful d'un ton décisif, en femme sûre de ses avantages.

Le bonhomme la contempla un instant, ratifia son jugement, et, sans ajouter un mot, la conduisit vers le parloir. En ouvrant la porte, il dit :

— Ma fille, mistress Thankful Blossom...

Deux voix, engagées dans une conversation des plus sérieuses, s'arrêtèrent aussitôt. Les visiteurs qui étaient penchés sur le foyer, se levèrent à l'instant, et l'un d'eux s'avança avec un air où la familiarité le disputait à l'affectation du respect.

— L'heureuse fortune, mistress Thankful!
dit-il avec un accent étranger des plus mar-
qués et des manières non moins exotiques.
Mon ami le baron Pomposo et moi étions
désespérés de ne pas vous voir.

Un léger sourire et comme un reproche
fugitif passèrent sur la figure du baron
tandis qu'il s'inclinait profondément.

Thankful exécuta la révérence de l'époque,
à savoir un « plongeon » suivi d'un rond de
jambe du pied droit en avant.

Ce pied droit était si mignon, le mouvement si gracieux, que le baron, en relevant
la tête, ne chercha même pas à cacher son
admiration. De son côté, Thankful avait vu
d'un coup d'œil qu'il était remarquable-
ment beau, et constaté que cette beauté
résidait spécialement en deux yeux de ga-
zelle, profonds et doux comme ceux d'une
femme.

M. Blossom frottait ses mains l'une
contre l'autre, comme s'il avait espéré,
par ce frottement, communiquer à la réception une cordialité que sa dure face de

paysan semblait démentir. Il s'engagea dans des explications assez longues.

— Le baron, dit-il, visite ce pays pour se distraire. Il arrive de loin... C'est l'habitude des étrangers de distinction de voyager ainsi en observant les usages des différents peuples. Il trouvera dans le Jersey, poursuivit le bonhomme en feignant d'invoquer du regard l'approbation de Thankful, mais en réalité apercevant fort bien la moue dédaigneuse que provoquait ce discours intempestif, il trouvera dans le Jersey une population de travailleurs, toujours prête à faire bon accueil à l'étranger et à lui fournir au comptant toutes les choses nécessaires à la la vie. Naturellement, par un temps aussi troublé que le nôtre, il fera bien de se munir, à cet effet, de monnaies d'or ou d'autres valeurs également à l'abri des fluctuations causées par la guerre sur nos marchés....

— Il trouvera aussi, mon brave Blossom, commença le baron avec une extrême volubilité, la beauté, la grâce, le charme, la...

Santa Maria, que voulais-je donc dire?
fit-il en se tournant vers le comte.

— La vertu, acheva celui-ci.

— La *vertou*, certes! toutes les perfec-
tions, dans les charmantes filles de ce pays.
Croyez-moi, mon excellent ami Blossom,
c'est là la grande affaire.

Ce compliment était si clairement adressé
à mistress Thankful, qu'elle fut bien obligée
de faire apparaître au moins une de ses fos-
settes, en retour, quoique son sourcil fût
resté légèrement froncé et qu'elle fixât sur
l'orateur des yeux pleins d'un étonnement
candide.

— N'oublions pas non plus le général
Washington, qui a bien voulu nous accorder sa haute protection, ajouta le comte.

— Oh! quant à cela, le premier sot...
le premier venu, fit Thankful en rougissant
légèrement, peut obtenir une passe du général, et tous ses compliments par-dessus le
marché. Mais cela n'empêche pas qu'il ne
se soit fort mal conduit avec mistress Prudence Bookstaver. Vous savez bien, cette

jeune fille dont le fiancé appartient à la brigade Knyphausen, un Allemand, je le veux bien, mais enfin un homme de bonne famille, à ce qu'elle m'a souvent dit elle-même... Eh bien ! toutes ses lettres sont arrêtées par le général, — et lues par milady Washington, je gage bien, — comme si la pauvre fille était coupable de ce que son amoureux porte les armes contre le Congrès. Est-ce là la conduite d'un galant homme ?

— C'est une précaution nécessaire, ma fille, dit Blossom en faisant des signes désespérés à Thankful. Voudriez-vous qu'elle pût révéler à l'ennemi les mouvements de notre armée ?

— Ma foi, je ne lui en voudrais guère si elle essayait d'empêcher son amoureux de tomber dans quelque embuscade ou d'être fait prisonnier, comme il arriva à ce commissaire hessois avec les vivres que vous...

Ici M. Blossom, en prenant sa fille dans ses bras avec une tendresse toute paternelle, s'arrangea pour la pincer fortement à l'épaule.

— Chut, fillette, dit-il en feignant de
rire, votre petite langue va comme le mou-
lin de Whippany... Thankful est comme
toutes les femmes, elle s'intéresse fort peu
à la politique, reprit-il en se retournant vers
ses hôtes. Les temps que nous traversons
ont été pour elle une source de chagrins ;
elle s'est vue séparée de camarades d'enfance et de gens qu'elle aimait tendrement,
et tout cela l'a quelque peu aigrie.

M. Blossom n'avait pas prononcé ces mots
qu'il aurait voulu les rattraper, dans la
crainte qu'ils ne fussent une transition
toute naturelle pour mistress Thankful à
l'aveu de ses relations avec le capitaine. A
sa grande surprise, pourtant, elle n'en abusa
pas et parut avoir complètement oublié sa
menace de tout à l'heure. Elle se contenta
de rougir de nouveau, et ne dit pas un
mot.

La conversation prit un autre cours. On
parla du temps, du grand froid qu'il faisait,
de la tournure que prenaient les affaires ;
on critiqua les actes du commandant en

chef, l'attitude du Congrès, etc., et sur tous
ces points M. Blossom, aussi bien que le
comte, avaient en réserve les opinions tran-
chantes qui distinguent généralement ceux
qui ne sont pas au gouvernail.

Dans un autre coin du parloir, mistress
Thankful et le baron bavardaient à demi-
voix sur les assemblées dansantes, se demandaient quelle était la plus jolie femme
de Morristown et discutaient sur la question de savoir si les attentions du général
Washington pour mistress Pyne étaient
simple galanterie ou non ; si les cheveux
de lady Washington étaient blancs ou seulement poudrés ; si ce jeune aide de camp,
le major Vanzandt, était véritablement
amoureux d'elle ou seulement inspiré par
une ambition subalterne.

Les choses en étaient là quand une rafale soudaine ébranla la maison, et M. Blossom, s'étant empressé de courir à la porte,
revint avec la nouvelle qu'il neigeait à gros
flocons.

Le fait est qu'en moins d'une heure le

paysage avait complètement changé d'aspect. La lune avait disparu, le ciel s'était voilé derrière un essaim aveuglant et tourbillonnant d'aiguilles de glace. Le vent avait déjà formé sur le seuil, sur les appuis des fenêtres, sur les deux bancs aux côtés du porche, de blancs coussins de neige, légers comme un duvet.

Mistress Thankful et le baron, — celui-ci avec un frisson qui venait en droite ligne du tropique,— étaient allés jusqu'à la porte du verger pour contempler ce changement à vue. Comme la jeune fille portait ses regards sur le paysage de neige, il lui sembla que tout le passé venait subitement de s'effacer devant elle. L'empreinte même de ses pas de tout à l'heure avait disparu ; — le mur gris sur lequel elle s'était appuyée était maintenant blanc et sans tache ; le hangar avait perdu son aspect familier pour revêtir une physionomie étrange et nouvelle. Avait-elle bien été là dans la soirée? Avait-elle vu le capitaine? ou était-ce un rêve?

3

Tout à coup le vent ferma la porte derrière eux avec un grand fracas et jeta mistress Thankful en avant, dans les ténèbres. Elle poussa un petit cri. Presque aussitôt le baron la saisit par la taille, — la sauva de Dieu sait quel désastre, et la scène se termina par un petit rire nerveux. Mais le vent vint précisément faire rage sur eux avec une furie si endiablée que le baron ne put s'empêcher de l'attirer plus étroitement contre lui.

Ils étaient seuls, ou n'avaient pour témoins que ces deux dangereux complices : la Nature et l'Occasion. Dans la demi obscurité de la tempête, elle ne put s'empêcher de lever ses yeux purs sur ceux du baron, et fut surprise de les voir lumineux, tendres, mais peut-être, à ce qu'il lui parut, plus graves que le moment ne le comportait. Un singulier embarras s'empara d'elle, et quand il se pencha vers elle pour presser ses lèvres sur les siennes, — comme elle venait précisément de l'espérer ou de le craindre, — elle resta d'abord sans force.

L'instant d'après, elle répondit par un grand soufflet et s'éclipsa dans les ténèbres.

En ouvrant la porte au baron, M. Blossom fut surpris de le trouver seul et plus surpris encore, en revenant au parloir, de voir mistress Thankful rentrer par la porte de devant.

Le lendemain matin, quand M. Blossom appela sa fille, elle était déjà tout habillée, mais assez pâle, et, s'il faut constater la vérité, d'assez mauvaise humeur.

— Et dire que je vous ai entendue vous lever de si bonne heure, Thankful ! lui dit-il. Il n'aurait été que convenable de souhaiter un bon voyage à nos hôtes, spécialement au baron, qui semblait désolé de votre absence.

Les joues de mistress Thankful se colorèrent aussitôt, mais elle répondit assez vivement :

— Et depuis quand, je vous prie, est-il nécessaire que je me dérange pour le premier polichinelle qui reçoit l'aumône dans la maison ?

— Il vous a témoigné la plus grande
courtoisie, mistress, et c'est un gentleman
accompli...

— Ah! oui, sa courtoisie, parlons-en! fit
mistress Thankful.

— Est-ce que par hasard il se serait
permis?... cria M. Blossom, éclairé d'un
soupçon subit et dirigeant ses petits yeux
gris sur ceux de sa fille.

— Non, non, dit Thankful qui se sentait
devenir écarlate, rien du tout... Mais qu'est-ce
que vous avez là, père, une lettre pour moi?

— Précisément, et du capitaine, je gage?
répondit Blossom en remettant à sa fille un
billet plié en tricorne. Voilà ce qu'un de
ces vagabonds qui suivent les armées vient
justement d'apporter. Thankful, reprit-il
avec un accent significatif, j'espère que vous
écouterez les conseils de votre père. Le capitaine n'est pas un parti digne de vous.

Thankful était redevenue pâle et dédaigneuse en prenant le pli. A peine les pas
de son père, s'étaient-ils éloignés dans l'escalier, qu'elle ouvrit la lettre.

Elle était tracée d'une grosse écriture naïve, avec une orthographe que nous n'essaierons pas de reproduire, et, à grands renforts de majuscules inutiles et de mots soulignés, exprimait à peu près ce qui suit :

« Ma douce amie, un acte de tyrannie inspiré par l'envie et la jalousie vient de me jeter sur la paille humide d'un cachot. Hier soir, j'ai été lâchement arrêté par des mains serviles, pour la faute d'avoir toujours pensé et parlé en homme libre et d'avoir sacrifié à la justice tout ce que j'avais de précieux, sauf mon honneur et mon amour. Mais la fin est proche. Quand les libertés d'un peuple sont écrasées sous le talon d'un soldat et courbées sous la dictature de l'ambition, l'État est bien près de périr. Je suis emprisonné à Morristown, sous l'inculpation de « manque de respect à mes supérieurs », moi qui, il y a douze mois à peine, ai quitté mon foyer pour servir mon pays. Croyez bien que mon amour est toujours le même quoique je sois

au pouvoir des tyrans et peut-être voué à
l'échafaud. Le messager qui vous transmet-
tra ce mot est digne de toute votre confiance
et se chargera de m'apporter tout ce que
vous voudrez bien lui remettre pour moi. Il
faut vous dire que les provisions sanctifiées
par vos jolis doigts et rendues précieuses
par votre affection m'ont été ravies par les
mêmes mains serviles ; les œufs, ma douce
amie, avaient heureusement été cassés ;
quant au jambon, je ne doute pas qu'il ne
figure présentement sur la table du commandant en chef. Tels sont les excès de la
tyrannie et de l'ambition. Pour le présent,
adieu, ma douce amie. — ALLAN. »

Mistress Thankful lut cette épître, la
relut, et puis la déchira. Puis s'apercevant
que c'était la première lettre de son amoureux qu'elle n'eût pas précieusement con-
servée, elle essaya d'en rajuster les frag-
ments, mais sans y parvenir, et finalement,
dans un mouvement d'impatience, elle les
jeta par la fenêtre.

Pendant toute la matinée, elle parut

préoccupée et montra une humeur qui lui
était peu ordinaire : c'est presque avec plaisir qu'elle vit son père partir à cheval pour
sa promenade quotidienne à Morristown.
Vers midi, la neige avait cessé de tomber
et s'était changée en une espèce de grésil
qui à son tour ne tarda pas à tourner en
pluie. Thankful avait fini par s'absorber
complètement dans ses devoirs de ménagère
autant que dans les pensées nouvelles qui
avaient pris possession de son esprit. Peut-
être était-ce là ce qui l'empêcha de faire
attention, vers la tombée de la nuit, comme
elle était occupée dans l'intérieur de la
maison, à un piétinement de chevaux dans
la cour extérieure. La chose n'avait d'ailleurs
rien d'extraordinaire. Quoique des ordres
spéciaux eussent été donnés à l'armée continentale pour que la maison n'eût pas à
souffrir des fourrageurs ou de la rude sol-
datesque, il se passait peu de jours sans
qu'une compagnie en marche, un convoi de
vivres ou un peloton d'éclaireurs vînt y faire
halte. Le général Sullivan et le colonel

Hamilton avaient fait boire leurs chevaux
au grand abreuvoir de la ferme et s'étaient
reposés à l'ombre du porche.

Mistress Thankful fut tout à coup tirée
de sa rêverie par l'entrée de César, le domestique nègre, qui arriva tout effaré :

— Bon Dieu ! missy Thankful, disait-il,
dans son dialecte enfantin, voilà ces soldats
qui plantent leur camp dans la cour et qui
s'établissent comme chez eux, dans la maison, et il y a un officier dans le salon de
compagnie, avec ses éperons sur la table,
s'il vous plaît, lisant dans un livre.

Les joues de Thankful s'enflammèrent de
colère et ses fins sourcils se froncèrent sur
ses yeux assombris. Ce n'était plus une
petite fille boudeuse, c'était une nymphe
indignée qui se leva d'un saut, écarta le
domestique, descendit l'escalier et ouvrit la
porte du parloir.

Un officier lisait en effet au coin du feu,
dans l'attitude indolente et sans cérémonie
qui avait motivé les critiques de César.
Il se leva aussitôt avec un air d'embarras

et de surprise presque immédiatement do-
miné par le sang-froid de l'homme comme il
faut :

— Vous m'excuserez, Madame, dit-il en
inclinant profondément une tête intelligente
et fine, mais j'étais à mille lieues de me
douter qu'il y eût un seul membre de la
famille dans la maison, et spécialement une
dame.

Il hésita un instant, et comme elle levait
sur lui la frange brune de ses paupières, il
fut si frappé de sa beauté, qu'il faillit perdre
contenance.

— Je suis le major Vanzandt, reprit-il,
et j'ai l'honneur de parler à...

— Thankful Blossom, dit la jeune fille,
non sans quelque fierté, car son instinct
féminin lui disait la cause de la surprise
du major. Toutefois son triomphe fut traversé par une nouvelle expression d'embarras qui se répandit sur la figure de l'officier,
quand il entendit son nom.

— Thankful Blossom, répéta-t-il vivement.
Vous êtes donc la fille d'Abner Blossom ?

3.

— Certainement, répondit-elle, et mon
père ne tardera pas à rentrer. Il n'est allé
que jusqu'à Morristown... autant que je
puis le savoir tout au moins, ajouta-t-elle
sur un sentiment d'inquiétude qui se fit
jour tout à coup dans son esprit.

L'officier la regarda gravement.

— Votre père ne rentrera pas aujour-
d'hui, mistress Thankful, ni peut-être demain. Il est en prison...

Thankful ouvrit ses yeux tout grands
et prit une attitude légèrement agres-
sive.

— En prison ? Pourquoi ? demanda-t-elle.

— Pour avoir donné aide et secours à
l'ennemi et avoir reçu des espions chez lui,
répliqua le major avec une franchise toute
militaire.

Mistress Thankful ne put s'empêcher de
rougir. Un souvenir de la scène de la veille
et du baiser pris par le baron traversa sa
mémoire comme un éclair ; un instant elle
fut aussi honteuse que si l'officier avait été
témoin de l'incident. Quant à lui, il remar-

qua cette confusion et l'interpréta à sa manière.

Mais la jeune fille eut bientôt recouvré son sang-froid.

— S'il en est ainsi, dit-elle en élevant légèrement la voix et en se campant bien en face du major; s'il en est ainsi, moi aussi je devrais être en prison, car nos hôtes, s'ils étaient des espions, ont été *mes* hôtes, et je les ai accueillis comme il seyait à la fille de mon père. Oui, certes, et très contente j'ai été de recevoir chez moi d'aussi galants hommes! Trop galants hommes, en tous cas, pour insulter une femme sans défense! Des espions bien élevés, je puis le dire, qui ne mettaient pas leurs bottes sur la table de mon parloir et ne transformaient pas en estaminet la maison d'un honnête fermier...

Le major parut à demi vexé, à demi amusé de cette colère, mais il ne répondit rien et se contenta de s'incliner avec une bonne grâce parfaite.

Cette courtoisie muette ne fit que mettre au comble l'exaspération de mistress Thankful.

— Et s'il vous plaît, voudriez-vous me dire quels sont ces fameux espions, et qui les a dénoncés ? reprit-elle en regardant l'officier bien en face, un de ses poings mignons hardiment campé sur la plus souple des hanches et l'autre derrière le dos. Il n'est que juste que nous sachions au moins où et comment nous avons reçu les uns et les autres.

Le major avait repris toute sa gravité.

— Votre père, mistress Thankful, répondit-il, est depuis longtemps soupçonné d'entretenir des intelligences avec l'ennemi. Mais le commandant en chef a toujours eu pour politique de ne faire aucune attention aux préférences des non combattants, et de s'efforcer exclusivement d'obtenir leur adhésion par des faveurs et des bons offices. Quand il a appris, cependant, que deux étrangers, quoique munis de laisser-passer signés de lui, avaient l'habitude de venir ici sous des noms supposés...

— Vous voulez parler du comte Ferdinand et du baron Pomposo? dit Thankful
avec une grande vivacité. Ce sont deux
braves gentilshommes, et je ne vois pas
quel crime il peut y avoir pour eux à faire
leur cour à une fille qui peut n'être pas
une dame de qualité, mais...

— Chère mistress Thankful, interrompit
le major, si vous pouvez établir le fait,
comme j'ai peu de peine à le croire en
vous voyant, soyez sûre que la détention de
votre père ne sera pas longue. Le commandant en chef est un homme qui n'a jamais
omis de tenir compte de l'influence de votre
sexe et qui lui-même l'a plus d'une fois subie.

Il accompagna ces mots d'un nouveau
salut et d'un sourire qui faillirent dépasser
la limite de ce que les nerfs de Thankful
pouvaient supporter.

— Quel est le nom du dénonciateur?
reprit-elle en serrant ses petites dents. Qui
a osé?...

— Oh! ce n'est peut-être après tout qu'une
dénonciation intéressée, mistress Thankful.

car celui qui l'a faite est justement aux arrêts. C'est le capitaine Allan Brewster, du contingent de Connecticut.

Mistress Thankful pâlit, puis rougit, puis pâlit de nouveau. Elle se tint un instant toute droite, comme pour prendre haleine, et dit enfin :

— C'est un mensonge!.. un lâche mensonge.

De nouveau le major Vanzandt se contenta de s'incliner.

Mistress Thankful disparut, monta l'escalier quatre à quatre et revint bientôt en robe et chapeau de cheval.

— Je suppose que je suis libre d'aller voir mon père? dit-elle sans lever les yeux sur l'officier.

— Vous êtes libre comme l'air, mistress Thankful. Mes ordres et mes instructions, loin de vous impliquer dans les charges qui pèsent sur votre père, ne m'avaient même pas laissé supposer votre existence. Permettez-moi de vous mettre à cheval...

La jeune fille ne répondit pas. Dans cet

intervalle rapide, César avait sellé la jument blanche et l'avait amenée à la porte. Mistress Thankful, dédaignant la main que lui présentait le major, s'élança en selle sans son secours.

L'officier tenait les rênes.

— Un mot, je vous prie, mistress Thankful, dit-il.

— Voulez-vous me laisser aller? dit-elle avec une colère à peine contenue.

— Un mot je vous en prie...

Il tenait toujours la bride. La jument se cabra, faillit jeter la jeune fille à terre. Rouge de dépit et d'humiliation, elle leva sa cravache, et d'un coup sec en frappa la figure du major.

Il lâcha la bride à l'instant. Mais levant vers Thankful sa face calme et pâle sur laquelle une longue ligne rouge s'allongeait du sourcil jusqu'au menton, il dit doucement :

— Je ne voulais pas vous retenir... Je désirais seulement vous prier, quand vous verrez le général Washington, de lui dire ce qui est vrai, que le major Vanzandt ignorait votre présence ici jusqu'au moment où vous vous êtes montrée à lui, et que de ce moment il s'est conduit avec vous en officier et en galant homme.

Elle était partie bien avant qu'il eût fini. Quand sa robe flottante, fouettée par un galop furieux, eut disparu à la descente, le major tourna sur lui-même et rentra dans la maison. Les quelques soldats qui avaient assisté à cette scène détournèrent prudemment leurs regards de la face pâle et des yeux flamboyants de l'officier, quand il repassa auprès d'eux. Mais à peine la porte fut-elle refermée sur lui, que les commentaires du public se firent jour.

— C'est encore une coquine de la haute, furieuse de n'avoir pu ensorceler le major, comme elle a déjà fait du capitaine, grommela le sergent Tibbiss.

— Et qui va sans doute essayer ses manigances sur le général, ajouta le caporal Hicks.

Très vraisemblablement ces critiques influents se trompaient tous les deux. Mis-

tress Thankful pensait à bien des choses
tandis qu'elle galopait à bride abattue sur
la route de Morristown. Elle songeait à
son amoureux Allan, qui du fond d'une
prison invoquait sa tendresse et sa sollicitude, et pourtant qui la méritait bien peu,
si réellement il avait mal jugé et trahi sa
fiancée... Elle songeait au comte et au baron, à celui-ci surtout, qu'elle aurait voulu
tenir devant elle et accuser de tous ses
chagrins et de toutes ses mortifications
avec ce baiser volé, quoique la liaison des
idées fut malaisée à entrevoir. Elle songeait
à son père aussi, et il lui semblait qu'elle
détestait tout le monde. Mais au-dessus de
tout le reste, au milieu de ses vagues
inquiétudes pour son père, de son indignation pour le baron, et de son irrita-
tion croissante contre Allan, une image
dominait et revenait toujours, en dépit de
ses efforts pour la chasser : celle de la belle
figure pâle du major Vanzandt, avec la
trace rouge du coup de cravache à travers
ses lignes régulières.

III

Le vent avait couru beaucoup plus vite
encore que mistress Thankful, et avait
fraîchi au point de devenir une vraie tempête en s'abattant sur Morristown. Il glissait sur les branches nues des érables et
faisait craquer le squelette desséché des
ormeaux ; il sifflait à travers les tombes du
cimetière presbytérien, comme pour réveil-
ler les morts qu'il avait connu jadis ; il
secouait les mornes fenêtres de la salle de
bal au-dessus de la taverne des Francs-
Maçons, et semblait évoquer dans les plis
des lourds rideaux l'ombre inquiète des

dames en vastes jupons et des cavaliers en
culotte collante, qui, la nuit d'avant, avaient
défilé sur la marche de « sir Roger de
Coverley » ou avaient dansé une gigue sur
l'air de « Money Musk ».

Pourtant on aurait pu croire que le vent
s'acharnait avec une rage toute spéciale
autour de l'édifice isolé désigné sous le nom
de « Ford Mansion », et plus connu maintenant sous celui de « Grand quartier général ». Il hurlait sous ses maigres gouttières,
il chantait sous son porche désert, il
secouait à la rompre la triste galerie de sa
façade, il sifflait dans chaque fente et
chaque trou de sa masse carrée, solide et
peu pittoresque. C'était le malheur de cette
résidence, placée comme elle l'était au sommet de la rampe qui descend vers les bords
du Whippany : le moindre zéphir qui
d'aventure venait rafraîchir le seuil des
fermes autour de Morristown, se changeait
en rafale et chargeait avec fureur les
fenêtres de Ford Mansion ; chaque vent
d'hiver devenait un ouragan et menaçait

d'emporter le quartier général. Les senti-
nelles mélancoliques qui se promenaient de
long en large sur la plate-forme le savaient
bien, et avaient appris à leurs dépens à se
placer sous le vent et à serrer étroitement
autour de leur corps la pauvre capote d'uniforme.

L'intérieur de l'édifice participait de ces
conditions sibériennes. L'aspect en était
glacial, et le maigre feu de bois du salon
de réception où les tisons mourants de la
salle à manger contribuaient faiblement à
corriger l'impression qu'on en recevait en
entrant. La salle d'attente était vaste et
simplement meublée de chaises de paille,
sur lesquelles s'étiraient une demi-douzaine
de laquais nègres. Dans la salle à manger,
deux officiers assis aussi près que possible
de la cheminée, causaient à demi-voix : la
porte du salon était ouverte, et il ne fallait
pas que leurs voix en troublassent la sainte
privauté.

C'est là que, sous la lumière blafarde
d'une lampe dont les rayons accrochaient à

grand'peine une paillette ou deux à des
meubles sombres et sans éclat, entre un
petit cabinet de marqueterie, une épinette
au repos et une table à pieds en fuseau, un
homme était assis auprès du feu, immobile
et pensif.

Ses traits étaient ceux que le monde civilisé a si bien appris à connaître, et que le
pinceau du peintre, la pointe du graveur
ou le ciseau du sculpteur nous ont rendus
familiers. Si souvent, le rare mélange de
dignité et de force, de patience et de réso-
lution qui en était le caractère dominant, a
été placé sous les yeux d'un peuple assez
peu remarquable pour cet ensemble de qua-
lités, qu'il est venu parfois à sourire des
côtés solennels de cette figure, oublieux du
sens profond dont elle était l'expression.
Il peut donc n'être pas inutile de rappeler
que les manières de ce personnage, son
attitude et jusqu'aux détails de sa toilette,
accusaient un génie éminemment aristocra-
tique. Tout en lui était d'un roi, un roi
que l'ironie des circonstances avait amené à

lutter contre la royauté ; un commandeur d'hommes qui était précisément en train de combattre pour le droit inhérent à ces hommes de se gouverner eux-mêmes, mais qui, par son prestige personnel, les dominait.

Du bout de ses souliers à boucles d'argent à sa couronne de cheveux poudrés, c'était bien un roi. Si bien un roi, que son bon frère, George de Grande-Bretagne et de Hanovre, — régnant par l'accident blasphématoirement désigné sous le nom de « Grâce de Dieu » — ne savait guère trouver de meilleur moyen de conjurer son ascendant qu'en l'appelant « Monsieur Washington ».

Un piétinement de chevaux, un « Qui vive ? » de la sentinelle, des pourparlers sous le porche dont le bruit arriva jusqu'à lui, n'eurent pas le privilège de troubler sa méditation. Il n'en sortit pas davantage quand la porte extérieure de la pièce voisine, en s'ouvrant, laissa pénétrer jusqu'au salon une bouffée de vent qui rani-

ma subitement le feu. Bientôt pourtant
il y eut un frôlement de robe dans la salle
à manger, un chuchotement, et la tête rose
d'un jeune officier se montra à la porte du
salon.

— Vous m'excuserez, général, dit l'officier en hésitant à entrer.

— Vous êtes tout excusé, colonel Hamilton, répondit le général.

— Il y a là une jeune dame qui demande
à être reçue par Votre Excellence. C'est
mistress Thankful Blossom, la fille d'Abner
Blossom actuellement incarcéré au corps de
garde de Morristown, sous l'inculpation
d'intelligences avec l'ennemi.

— Thankful Blossom? répéta le général,
qui parut chercher dans ses souvenirs.

— Votre Excellence se rappelle sans doute
cette jolie personne : elle a une petite réputation provinciale et a été l'objet du fameux
toast porté par les champions du comté ;
c'est la Cressida de notre épopée locale,
celle-là même qui a causé les malheurs du
brave capitaine de Connecticut.

— Je vois, colonel, qu'à tous les autres
avantages de la jeunesse, vous joignez une
excellente mémoire, dit Washington avec
un sourire. Je me rappelle fort bien maintenant avoir entendu parler de cette illustre
beauté. Certes, il faut l'admettre sans re-
tard, elle et son escorte.

— Elle est seule, général.

— Raison de plus pour être entièrement
courtois avec elle, reprit Washington en se
levant et en secouant ses manchettes d'un
geste familier. Il ne faut pas la faire attendre. Faites-là entrer, mon cher colonel, à
l'instant... et comme elle est venue, toute
seule...

L'aide de camp s'inclina et se retira. Un
instant après, la porte s'ouvrit à deux bat-
tants pour mistress Thankful Blossom.

Elle était charmante dans sa robe de cheval tout unie, qui semblait l'écrin naturel de
sa beauté fraîche et originale; il y avait
sur ses traits un sentiment si profond et si
exclusif du but qu'elle poursuivait, la régu-
larité en était relevée par une expression si .

piquante de certitude et d'audace, que le grave homme d'État ne put s'empêcher, après s'être incliné devant elle, de faire un pas en avant, de prendre sa petite main dans la sienne et de la conduire avec une nouvelle inclination plus gracieuse au fauteuil qu'il venait de quitter.

En même temps, il la contemplait avec une admiration qu'il ne chercha pas à dissimuler.

— Quand même votre nom ne m'eût pas été connu, vous avez reçu de la nature un passe port qui vous assure les égards particuliers de tout galant homme, Madame. dit-il de son plus grand air. En quoi puis-je vous servir ?

Par un phénomène singulier, la flamme des yeux noirs de mistress Thankful semblait déjà s'être éteinte dans le demi-jour de ce salon, en arrivant devant le martial personnage qui l'accueillait pourtant avec tant de courtoisie. Les couleurs que la tempête extérieure, sans parler de la tempête interne, avaient amenées sur les joues, dis-

4

paraissaient déjà. Le diapason auquel elle
s'était montée en fouettant son cheval,
baissait subitement en présence de l'homme
auquel elle venait demander des comptes.
Elle eut véritablement à faire un effort,
pour s'empêcher de balbutier et pour retenir
deux grosses larmes prêtes à jaillir de ses
beaux yeux, quand elle les leva sur le
regard tranquille et légèrement railleur du
commandant en chef.

— Mais je ne devrais pas vous demander
quel est l'objet de votre visite, et je puis
aisément le deviner, reprit Washington
avec une bonté grave qui était assurément
plus rassurante que la galanterie super-
ficielle du temps. Votre démarche vous fait
honneur, et le souci qu'elle indique sur
le sort d'un père, — quels que puissent
d'ailleurs être les torts de celui-ci, — est
un sentiment tout naturel chez une jeune
fille.

Les yeux de Thankful brillèrent de nouveau. Elle se dressa sur ses pieds. Sa
lèvre supérieure, qui tremblait un instant

plus tôt, dans sa détresse enfantine, se releva maintenant d'un air de défi.

— Ce n'est pas de mon père que je viens parler, dit-elle d'un air dédaigneux. Ce n'est pas pour *lui* que je suis venue à cheval par le temps qu'il fait, toute seule et de nuit. Il n'a pas besoin de moi et saura se défendre, j'en réponds. Je suis venue pour parler de *moi*, des *mensonges*, oui, des mensonges qu'on n'a pas craint d'articuler contre une pauvre fille ; des lâches commérages fabriqués contre mon fiancé, le capitaine Brewster... Pourquoi est-il en prison ? Pour avoir eu le tort d'aimer une femme qui ne s'occupe pas de politique et qui serait bien fâchée de s'en occuper !... Comme s'il était indispensable que tous les jeunes hommes de ce pays demandassent votre permission, ou celle de milady Washington peut-être, avant de montrer leur préférence !...

Elle s'arrêta un instant pour respirer. Avec l'intuition rapide de la femme, elle vit tout de suite un changement sur la

figure de Washington, qui s'assombrit et
prit une expression de froide sévérité.
Mais elle était femme aussi par l'entêtement, un entêtement que notre sexe plus
politique, pourrait avec avantage imiter à
l'occasion ; elle n'en continua donc pas
moins de dire tout ce qu'elle avait sur le
cœur, au risque d'avoir à le rétracter une
heure plus tard avec la facilité non moins
remarquable que les femmes ont à se con-
tredire, facilité qui pourrait parfois non
moins utilement leur être empruntée avec
honneur.

— On a dit, poursuivit Thankful Blossom
en s'animant encore, que mon père avait
reçu chez lui, sciemment, deux espions.
Avec la permission de Votre Excellence et
celle du Congrès, ces deux prétendus espions sont des amis à moi, deux honorables
gentilshommes qui me font non moins honorablement leur cour. On a dit encore, et
c'est aussi lâche et aussi faux, que la dénonciation émanait de mon fiancé, le capitaine
Allan Brewster ! Je suis venue ici à bride

abattue tout exprès pour nier tout cela. Je
suis venue pour vous requérir de ne pas
sacrifier la réputation d'une honnête fille à
des intérêts politiques ; pour vous demander de ne pas faire envahir la maison d'un
brave fermier par une bande de gueux et
d'espions... C'est honteux ! voilà ce que
c'est !... C'est scandaleux !... voilà ce que
c'est !... Oui, des espions, je le répète, et
qui m'ont chassée de chez moi pour mieux
faire leur métier !...

Dans son indignation croissante au
souvenir de ses griefs, elle s'était avancée
toute rose de sa bravoure, et toute charmante dans sa colère, à quelques pouces
de la face austère et des calmes yeux gris
du commandant en chef.

A son extrême stupéfaction, il s'inclina
tout à coup, sans se départir de sa gravité,
et déposa un baiser paternel au beau
milieu de ce joli front audacieux.

— Asseyez-vous, je vous en prie, mistress
Blossom, dit-il en la prenant par la main
et la ramenant à son fauteuil. Veuillez vous

asseoir et m'accorder un instant d'attention,
si c'est en votre pouvoir. L'officier qui a
reçu la désagréable mission d'occuper la
maison de votre père est un galant homme :
il appartient à ma maison militaire. S'il
s'est oublié, s'il a déshonoré son nom et le
mien au point...

— Mais non ! mais non ! s'écria Thankful
avec un empressement fébrile. Ce monsieur
s'est comporté avec la plus entière convenance. Au contraire, c'est moi peut-être qui..

Elle hésita, puis s'arrêta tout court : elle
venait de revoir par la pensée la face du
jeune officier labourée de son coup de cravache.

— Ce que je voulais dire, c'est que le
major Vanzandt, je n'en doute pas un instant, aura su tenir compte des sentiments
naturels à une fille dont le père est arrêté,
reprit Washington, comme s'il eût deviné
d'un coup d'œil une partie de la vérité.
Mais abordons un autre point sur lequel
je crains bien que nous ne soyons pas d'accord.

Il alla vers la porte, appela un domestique et donna un ordre. Le jeune officier aux joues roses qui avait introduit la jolie visiteuse ne tarda pas à reparaître, un paquet de papiers à la main. Il jeta sur Thankful Blossom un regard curieux ; sans doute il avait entendu ce qu'elle venait de dire à son chef, et peut-être aussi avait-il saisi ce que les deux acteurs de la scène ne pouvaient guère apprécier pour l'instant, le côté légèrement comique de la situation.

Sa mine un peu railleuse ne l'empêcha pas de feuilleter ses papiers avec attention. Thankful, toute décontenancée, mordait ses lèvres. Elle commençait à se sentir pénétrée d'une crainte vague et avait le pressentiment d'une nouvelle mortification. En même temps, elle revenait à une appréciation plus juste de sa propre position, du lieu où elle se trouvait, du rang de ceux qui l'avaient reçue. Tout à coup elle s'aperçut que deux dames étaient entrées sans bruit par une autre porte et la regardaient de loin avec curiosité, comme une sorte de

phénomène étrange : ce regard acheva de la
mettre mal à l'aise. Elle fut si vivement
frappée du sentiment instinctif que son
bonheur à venir et sa vie entière dépen-
daient de ce qui allait immédiatement se
produire, qu'en dépit de son courage elle
se mit à trembler. Il lui semblait qu'elle
était seule, toute seule au monde.

Cependant le colonel Hamilton, tout en
tenant ses yeux sur une des dames qui
venaient d'entrer, avait passé un papier à
Washington, en disant :

— Voilà l'accusation.

— Veuillez en donner lecture, répondit
le général.

Le colonel obéit, non sans montrer par
le ton de sa voix que son auditoire de
quatre personnes l'intimidait un peu.
C'était un rapport rédigé avec une concision
toute militaire. Il en résultait qu'à la connaissance certaine et personnelle du soussi-
gné, Abner Blossom avait l'habitude de recevoir chez lui deux étrangers suspects appelés
l'un le comte Ferdinand, l'autre le baron

Pomposo. Il y avait lieu de croire que ces deux étrangers étaient des ennemis de la cause et des espions chargés de surveiller les mouvements de l'armée continentale.

Le rapport était signé : « Allan Brewster, capitaine au contingent de Connecticut. » Le colonel Hamilton montra cette signature à Thankful Blossom, qui n'eut pas de peine à reconnaître l'écriture et l'orthographe à elle bien connues de son amoureux.

Ses yeux disaient son trouble et sa perplexité aussi franchement qu'ils avaient tout à l'heure brillé d'indignation. En les levant, elle rencontra successivement ceux des quatre personnes présentes, qui maintenant s'étaient rapprochées d'elle, et elle ne put s'empêcher d'éviter leur regard. Elle sentait d'ailleurs moins de sympathie pour elle chez les deux femmes jusqu'à présent silencieuses, qu'il n'aurait pu en percer même dans les légitimes représailles du général.

Précisément, l'une d'elles éleva la voix. Thankful, sans trop savoir pourquoi, sentit que c'était la plus âgée des deux et qu'elle avait sûrement des droits imprescriptibles soit sur le général, soit sur le colonel, soit sur l'un et l'autre.

— Mistress Thankful pourra sans doute maintenant, disait la voix, choisir parmi ses galants celui des ennemis de sa patrie qui peut mieux la protéger. Il ne semble pas qu'elle ait jamais fait perdre tout espoir à aucun d'eux...

— En tous cas, chère lady Washington, elle n'en choisira pas un qui l'ait trahie elle-même! répliqua aussitôt la jeune fille. Votre Seigneurie m'excusera, ajouta-t-elle assez honteuse, en voyant au milieu du profond silence qui accueillit cette explosion, le regard étonné qu'échangèrent les deux témoins mâles de cette scène.

— Celui qui trahit son pays en arrive aisément à trahir des affections plus intimes, dit froidement lady Washington.

— Il serait aussi juste de dire que celui qui a trahi son roi en arrive aisément à trahir son pays, retorqua mistress Thankful avec une belle révérence à lady Washing-

ton, qui s'empressa de détourner la tête
avec une grande affectation de dignité.

Mistress Thankful revint au général.

— J'ai à m'excuser, dit-elle fièrement,
de vous avoir fatigué de mes griefs. Mais le
mal que mon fiancé m'a fait par sa jalousie
fût-il dix fois plus grand, je ne vois pas
comment cela pourrait justifier l'accusation
qui vient d'être proférée contre moi...

Elle lança un regard malicieux à la robe de
brocard dont lady Washington lui montrait
le dos et ajouta :

— Non, je ne le vois pas, quand même
l'accusation émanerait d'une dame qui sait
par expérience que la jalousie peut être le
lot de la femme d'un patriote, comme celui
de la femme d'un traître. »

Elle se sentit soulagée après ce petit
discours, quoique sa figure fût encore toute
pâle de cette passe d'armes.

Le colonel Hamilton passa sa main sur
sa bouche et toussa légèrement. Le général,
debout devant la cheminée, resta impassible
et dit gravement à Thankful :

— Vous oubliez, Madame, que j'ignore toujours en quoi je puis vous servir. Je ne puis croire que vous vous intéressiez encore au capitaine Brewster, qui a porté une telle accusation contre vos... *amis*, et indirectement contre *vous*. Quant à eux, ils sont encore libres et nous n'avons même pas leur signalement. Si vous aviez à fournir des renseignements qui missent ces messieurs hors de cause et prouvant que ce ne sont pas des espions, il va sans dire que la mise en liberté de votre père serait immédiate. Permettez-moi une simple question : Qu'est-ce qui vous fait croire que ce sont d'honnêtes gens ?

— C'est, répondit mistress Thankful, non sans hésitation, que ce sont des hommes... tout à fait distingués.

— Oh ! il y a des espions d'excellente famille et d'une distinction parfaite, dit Washington toujours grave. Mais peut-être avez-vous quelque autre raison ?

— Eh bien oui, reprit mistress Thankful en rougissant jusqu'à la racine de ses che-

veux. Ma raison est qu'ils ne parlaient qu'à
moi..., qu'ils préféraient ma compagnie à
celle de mon père... Elle s'arrêta, puis poursuivit : qu'ils n'abordaient jamais la politique... mais seulement... les sujets que...
les jeunes gens aiment... à traiter... avec
les dames... et... (ici sa voix s'altéra), quant
au baron en particulier, je ne l'ai vu qu'une
fois... et... (la voix lui manqua décidément)
je sais que ce ne sont pas des espions, là !

— Je suis obligé de vous demander encore
quelque chose, dit Washington. Vous voudrez bien remarquer que si l'opinion que
vous avez de ces messieurs est fondée, le
renseignement que je vais vous prier de
me donner ne peut leur nuire en aucune
façon, et que dans tous les cas vos éclair-
cissements pourront seulement contribuer à
dissiper les soupçons qui pèsent sur votre
père. Eh bien ! il faudrait que vous voulus-
siez bien donner au colonel Hamilton, mon
secrétaire, une description complète de ces
étrangers, — cette même description que
le capitaine Brewster, pour des motifs que

5

vous connaissez peut-être, a été hors d'état de donner lui-même.

Après un instant de réflexion, mistress Thankful fixant son regard sincère et pur sur le commandant en chef, entama une description détaillée de la personne du comte. Pourquoi elle commença par lui, ce serait difficile à dire; peut-être était-ce parce qu'elle le connaissait. mieux, car, en arrivant au signalement du baron, ses renseignements devinrent beaucoup plus vagues. Pas assez vagues, pourtant, pour que le colonel Hamilton pût s'empêcher de sursauter sur sa chaise en adressant un regard significatif à son chef, qui s'empressa de lui faire un signe, de sa main couverte d'une fine manchette.

— Je vous remercie de tout cœur, mistress Thankful, dit-il sans s'émouvoir. Mais cet autre visiteur, ce baron...

— Pomposo, acheva Thankful non sans quelque emphase.

On entendit un petit rire étouffé du côté de la fenêtre, dont les deux dames s'étaient

approchées et quelque chose de pareil
sembla effleurer la face rose du colonel
Hamilton; mais l'austère physionomie de
Washington resta impassible.

— Ce baron Pomposo, reprit-il avec sa
gravité respectueuse, vous a-t-il, — pardonnez-moi encore cette question, — fait
une offre digne de vous, et votre père
approuvait-il ses attentions?

— Mon père me l'avait présenté lui-même
et paraissait désirer que je lui fisse bon
accueil. Il... s'est permis de me donner un
baiser, et moi je lui ai donné un soufflet! dit
Thankful, très vite, avec des joues aussi rouges
que celle du baron avait jamais pu l'être.

Ces mots n'étaient pas plutôt tombés de
ses lèvres qu'elle aurait donné sa vie pour
les rattraper. A son extrême surprise, le
colonel Hamilton éclata franchement de
rire, et les deux dames se retournaient pour
se rapprocher d'elle, quand le général les
arrêta d'un geste.

— Il est possible, mistress Thankful, dit-
il pour conclure, que l'un de ces messieurs

au moins nous soit connu et que votre
instinct ne vous ait pas trompée. En tous
cas, soyez sûre que l'affaire sera immédiatement examinée et que votre père aura le
bénéfice de l'enquête.

— Je remercie Votre Excellence, répondit
Thankful, encore tout émue de sa franchise,
et battant doucement en retraite vers la
porte. Je pense que... je ferai bien... de
partir... Il est tard, et j'ai une bonne course
à faire pour rentrer à la maison.

Ici Washington fit un pas vers elle et
prenant de nouveau sa main dans la sienne,
il lui dit en souriant :

— Voilà au moins une raison, à défaut
d'autre, pour que vous nous restiez cette
nuit, mistress Thankful. Nous avons gardé
nos idées de la Virginie en matière d'hospitalité, voyez-vous, et nous poussons la
tyrannie au point d'obliger les gens à s'y
plier, quand même nous n'avons à leur offrir,
en fait de plaisir, que notre compagnie.
Lady Washington ne permettra certainement
pas à mistress Thankful Blossom de quitter

son toit sans avoir participé de sa courtoisie aussi bien que de ses conseils.

— Mistress Thankful Blossom nous montrera qu'elle a confiance en notre justice, en acceptant notre pauvre hospitalité pour cette nuit, dit majestueusement lady Washington sans se faire prier davantage.

Mistress Thankful se tenait indécise auprès de la porte, quand elle se sentit serrée dans deux bras ronds et potelés, et la plus jeune des deux dames, la regardant dans les yeux avec une franchise égale à la sienne, lui dit d'un ton caressant :

— Chère mistress Thankful, je ne suis qu'en visite dans la maison de Sa Seigneurie, mais permettez-moi tout de même de joindre ma voix à la sienne. Je suis mistress Schuyler, d'Albany, toute à votre service, mistress Thankful, comme le colonel Hamilton pourra vous le dire, si j'ai besoin d'un interprète pour arriver à votre petit cœur. Croyez-moi, chère mistress Thankful, je sympathise vivement à tous vos ennuis et je serais heureuse de pouvoir vous être utile en quelque façon... Vous allez rester, j'en suis sûre, vous partagerez mon appartement, et nous causerons à loisir de ce méchant jaloux de capitaine yankee, qui s'est montré aussi indigne de vous que de son pays.

Thankful n'aimait que médiocrement à être plainte. Pourtant elle ne sut pas résister à l'aimable et gracieuse sympathie de miss Schuyler, et passant un bras autour de sa taille, elle se laissa entraîner hors du salon.

Quand la porte se fut refermée sur les deux jeunes filles, le colonel Hamilton se tourna en souriant vers son chef avec un regard qui impliquait une question. Washington lui répondit de même d'un coup d'œil et ajouta :

— Si nous ne nous trompons sur ce point, colonel, il est je pense inutile de vous rappeler qu'en matière aussi délicate, le mieux sera de garder à cet égard le silence le plus absolu. En tout cas, il est nécessaire de ne rien dire de ce qui s'est passé ce soir au gentilhomme que vous pouvez avoir soupçonné.

— Il sera comme vous le désirez, général, dit l'officier avec respect. Mais puis-je vous demander, reprit-il presque timidement, si vous croyez qu'il n'y a rien en cette affaire de plus qu'un caprice passager pour une jolie fille?...

— Si je vous demande de garder là-dessus un silence absolu, colonel, interrompit Washington, en plaçant familièrement sa main sur l'épaule de l'aide de camp, c'est que je crois l'affaire assez importante pour exiger mon attention personnelle et spéciale.

— Votre Excellence me pardonnera, dit le jeune homme. Je voulais dire seulement...

— Que vous aimeriez d'avoir congé ce soir, acheva le général avec un bon sourire, et que vous seriez bien aise de bavarder un brin avec miss Schuyler et sa nouvelle amie. Allez donc, colonel. C'est une petite étourdie, mais une brave fille. Traitez-la comme votre égale, mais avec discrétion et sans trop appuyer : il ne faudrait pas que nous eussions en miss Schuyler une autre demoiselle persécutée sur les bras.

Et d'un geste presque badin, qui lui était habituel en dépit de son inaltérable dignité, il mit doucement son secrétaire à la porte.

Aussitôt lady Washington se rapprocha de lui.

— Vous ne voyez assurément pas dans tout ceci une intrigue politique ou une trahison ? dit-elle avec quelque empressement.

— Ma foi, non, répondit Washington.

— Ce n'est pas autre chose qu'une galanterie frivole avec une pauvre et vaine provinciale.

— Excusez-moi, milady, fit Washington, mais je ne saurais partager un jugement si sévère... Ce n'est pas une campagnarde ordinaire qui mettrait ainsi tout le pays en révolution. Ce serait une injure à votre sexe de l'admettre un instant... Je ne suis pas bien sûr qu'elle n'ait pas dans sa gibecière la grosse pièce dont elle a parlé... Et si cela était, l'élément ne serait pas sans im-

portance dans les négociations relatives au
traité d'alliance.

— Cette créature ! s'écria lady Washington. Cette petite coquette de village avec
son capitaine du Connecticut ! Vous me
pardonnerez, mon ami, mais c'est tout simplement insensé...

Sur quoi, avec une révérence des plus
sèches, elle quitta le salon, et laissa la
figure pivotale de l'histoire dans la position
ordinaire aux figures pivotales, c'est-à-dire
toute seule.

Cependant mistress Schuyler avait si
bien su entrer de plain pied dans le cœur
de Thankful, qu'en moins d'une heure elle
avait séché ses larmes, et elle était en train
d'arranger sa brune chevelure devant un
coquet petit miroir. Mistress Schuyler, dont
la chambre servait de théâtre à cette délicate opération, ne manquait pas d'y prêter
la main ou de suggérer un perfection-
nement selon les rites de la franc-ma-
çonnerie féminine. En même temps, on
causait :

5.

— Je suis bien aise de vous voir débar-
rassée de cet affreux capitaine, chère mistress Thankful, et je vous assure qu'avec
des cheveux comme les vôtres, la nouvelle
coiffure est tout à fait avantageuse... C'est
la grande fureur à New-York et Philadelphie... Bien tirés en arrière du front,
comme cela... etc.

Le résultat de tous ces préparatifs fut
qu'environ une heure plus tard, mistress
Schuyler et mistress Blossom se présentè-
rent au colonel Hamilton, en redescendant
au salon, dans des atours qui ouvrirent
les yeux au jeune officier sur le négligé de
sa propre tenue et le plongèrent dans un
étonnement sincère.

— Peut-être elle aimerait mieux être
seule et s'abandonner librement à son chagrin? dit-il en *a parte* à mistress Schuyler.

— Par exemple! s'écria celle-ci. Croyez-
vous qu'une femme va passer sa vie à se
désoler et à gémir parce que son fiancé la
trahit ?

— Mais son père est en prison, reprit Hamilton.

— Allons, regardez-moi un peu en face, dit mistress Schuyler, avec malice, et osez dire qu'avant vingt-quatre heures son père ne sera pas déchargé de ces accusations ! Croyez-vous donc que je n'y vois pas, et que je n'ai pas su lire sur votre figure et celle du général.

— Mais, ma chère enfant... fit l'officier alarmé.

— Oh ! rassurez-vous. Je lui ai dit mon impression. Mais je ne lui ai pas dit sur quoi elle repose, interrompit miss Schuyler, et convenez pourtant que j'en avais bien le droit pour vous apprendre à me cacher quelque chose...

Sur cette flèche du Parthe, elle revint à mistress Thankful, qui appuyait son front aux vitres de la fenêtre et contemplait le lever de la lune, sur la montagne, de l'autre côté du Whippany.

Par un de ces caprices atmosphériques particuliers au printemps américain, le

temps avait de nouveau changé subitement.
La pluie avait cessé et le sol s'était couvert
d'une couche de verglas qui scintillait sous
un ciel bleu aux rayons de la lune. Ce
même vent du nord-est qui avait si bien
secoué les fenêtres avait aussi transformé
chaque gouttelette d'eau sur les arbres et
les buissons en un stalactite qui s'argentait
au contact de l'astre nocturne.

— C'est une belle nuit, mesdames, dit
en s'approchant de la fenêtre un solide et
jovial personnage entre deux âges, qui venait d'entrer ; mais plaise à Dieu que le
printemps arrive vite et nous épargne de
nouveaux changements de temps. Madame
la lune est fort bonne à voir, souriant
ainsi sur la cime des arbres, mais il faut
songer qu'elle aperçoit en même temps
plus d'un pauvre diable qui grelotte sous sa
couverture trouée, dans le camp ici près.
Si vous aviez vu tous ces malotrus du
Connecticut défilant hier soir avec leurs
armes basses, montrant leurs dents et n'o-
sant pas mordre ; si vous aviez observé ces

cœurs défaillants et prêts à se révolter contre leur chef, contre la cause, mais surtout
contre le froid, je vous assure que vous de-
manderiez un bon dégel dans vos prières,
pour fondre le cœur de ces hommes en
même temps que ces champs de glace.
Encore deux semaines de froid, et ce n'est
pas un Allan Brewster, mais une douzaine
de mécontents de la même farine qu'il faudrait traduire en cour martiale.

— N'empêche que c'est une belle nuit,
général Sullivan, se hâta de dire le colonel
Hamilton en allongeant à son supérieur un
coup de coude formidable, et il ne serait
pas difficile, par ce clair de lune, de suivre
à la trace le fantôme qui a pris l'habitude
de nous visiter.

Les deux dames voulurent naturellement
savoir de quoi il s'agissait, et le colonel,
heureux d'avoir ainsi tourné le flanc de son
chef, reprit aussitôt :

— Il faut vous dire que le camp et même
tout le pays d'alentour sont hantés depuis
quelque temps par un fantôme en redingote

grise, et soigneusement emmitouflé dans
un immense collet, qui ne manque jamais
de savoir le mot de passe. Pas une sentinelle n'a encore pu le reconnaître. Cette
apparition se montre d'ordinaire avant un
assaut, une attaque ou quelque autre crise
grave pour l'armée ; ce qui fait que les uns
la considèrent comme le bon génie et l'ange
gardien de la cause, en tournée pour engager les grand'gardes à la vigilance, tandis
qu'aux yeux des autres elle est un présage
de malheur. Immédiatement avant la mutinerie des milices de Connecticut, la
Redingote-Grise avait été vue sur la lisière
de leur camp, dans la neige et la boue;
très probablement elle avait pu avoir un
avant-goût des lamentations et des regrets
qui ont amené ce régiment de pauvres ra-
masseurs d'oignons à élever la voix en
présence du général lui-même...

Ici le colonel Hamilton reçut à son tour
un léger coup de coude de mistress
Schuyler, et s'arrêta court.

Mistress Thankful ne laissa pas passer

inaperçues ces deux allusions à son perfide fiancé, mais son amour-propre seul en fut blessé. Le fait est que dans sa colère, en apprenant d'abord l'arrestation d'Allan, puis celle de son propre père, et enfin la dénonciation signée par le capitaine, elle avait tout à fait oublié qu'elle eût un amoureux; sa tendresse pour lui s'était dissipée, il ne lui restait plus qu'un sentiment de surprise et de vide. Tout le passé lui semblait regrettable, non pas comme une histoire où elle avait joué un rôle, mais comme celle d'une autre Thankful Blossom, disparue pendant la nuit dernière dans la tempête de neige. Elle comprenait que ces vingt-quatre heures avaient fait d'elle, sinon une *autre* femme, tout au moins une *vraie* femme.

Elle remarqua avec étonnement qu'elle éprouvait plus de confusion quand la conversation se porta, quelques instants plus tard, sur le major Vanzandt. Elle ne put même s'empêcher d'être un peu inquiète de ce singulier embarras. L'éloge qu'elle entendait faire du courage, de la loyauté, de toutes les grâces personnelles de ce jeune officier, l'irritait, l'humiliait et l'intéressait à la fois.

Un moment Thankful fut sur le point de se jeter dans les bras de mistress Schuyler et de lui avouer sa violence avec le major. Mais elle se dit que mistress Schuyler ne manquerait pas de communiquer ce secret au colonel Hamilton, que le major Vanzandt ne manquerait pas de lui être peu reconnaissant de la révélation ; et à tout cela se mêlait un sentiment bizarre de rancune contre ce brave et galant officier. Elle se tut donc.

— D'ailleurs, se dit-elle, s'il est aussi parfait qu'on le dit, il ne peut pas manquer de comprendre que j'étais justement irritée, et que je ne lui en voulais pas du tout personnellement.

Ce paradoxe féminin rendit quelque tranquillité au bon petit cœur de la pauvre Thankful.

Tranquillité passagère pourtant. La nuit n'eut pas de sommeil pour elle. Comme il

arrive aux caractères ardents, la réflexion
et le doute arrivèrent, mais trop tard, après
l'acte commis, quand la froide raison ne
peut plus que montrer le chemin du désespoir. Elle comprit la folie, ou ce qui lui
parut tel, de sa visite au quartier général,
seulement quand il n'était plus temps. Elle
aperçut l'horreur de sa conduite avec le
major Vanzandt seulement quand le temps
et la distance rendaient une amende honorable insuffisante et superflue. Je pense
qu'elle pleura un peu, dans cette grande
chambre, à côté de la bonne mistress
Schuyler, qui dormait du sommeil du
juste. La bonté manifeste et la sécurité parfaite de cette jeune dame lui firent envie,
puis lui parurent odieuses. Finalement, ne
pouvant plus endurer ce supplice, elle se
leva sans bruit et se mit tout éplorée devant la fenêtre qui s'ouvrait vers la rivière.

La lune brillait toujours sur la neige
durcie. Assez loin sur la gauche scintillait
la baïonnette d'une sentinelle qui allait et
venait le long de la rive ; ce détail inspira

à la jeune fille une sorte de sécurité et peut-
être contribua à mûrir une idée qui se faisait jour dans son esprit. Pourquoi ne pas
aller se promener, puisqu'elle ne pouvait
pas dormir ? Elle avait l'habitude d'errer
seule autour de la ferme, en tout temps et
en toute saison. Elle se rappela qu'une
nuit, par un ouragan terrible, elle s'était
levée tout inquiète sur le sort de sa chère
vache d'Alderney qu'elle savait sur le point
de devenir mère, et comment elle avait eu
le bonheur de sauver la vie d'un beau
petit veau, tout faible et tout tremblant,
qui gisait près de la grange et semblait
tombé du ciel dans la tempête.

Ce souvenir la décida. Elle passa sa robe,
s'enveloppa de la mante de mistress
Schuyler, et se glissa sans bruit sur l'escalier. En bas, un laquais dormait sur le
sofa ; elle passa près de lui sans le réveil-
ler, ouvrit une grosse porte qu'elle trouva
devant elle, et l'instant d'après elle respirait l'air glacé et trottinait sur la neige au
flanc de la hauteur.

Par malheur, mistress Thankful avait
oublié la différence qu'il y a entre les environs d'une ferme et les abords d'un
camp. Elle n'avait pas fait vingt pas,
qu'une forme humaine sembla sortir de
terre en avant d'elle, et croisant une
baïonnette sur son chemin, cria :

— Halte !

Le sang généreux de mistress Thankful
monta à ses joues à ce premier ordre for-
mel qu'elle eût jamais reçu. Néanmoins,
elle s'arrêta involontairement et sans mot
dire se tint prête à répondre à tout défi,
avec son audace ordinaire.

— Qui vive? dit le soldat en tenant sa
baïonnette à la hauteur de la chaste poitrine qu'il avait devant lui.

— Tkankful Blossom ! répondit la jeune
fille, sans hésiter.

L'homme releva son arme et la mit au repos.

— Passez, Thankful Blossom [1], et que Dieu

1. Thankful Blossom, le nom donné par l'auteur
américain à son héroïne, a un sens intraduisible
qui répond aux mots : *Fleur d'actions de grâces.*

nous l'envoie bientôt et le printemps avec elle, et bonne nuit, dit-il très vite avec un fort accent de l'Ouest.

La jeune fille s'était pas encore revenue de sa surprise, qu'il avait déjà repris son va-et-vient monotone au clair de la lune.

Elle ne s'expliquait pas cette sommation brutale, suivie d'une capitulation si prompte.

En regardant la sentinelle s'éloigner, l'aspect étrange de ce paysage nocturne, la nouveauté de sa situation, les chimères qui hantaient sa pensée, tout semblait faire de cette scène un simple épisode de quelque rêve que le jour ne pouvait manquer de dissiper sans en apporter la clef.

Elle était encore sous cette impression en descendant la pente qui s'inclinait vers la rivière. La rive était bordée d'une frange de glace le long de laquelle le courant tout noir glissait sans bruit. Elle savait que ce courant traversait le camp où son perfide

---

« Bouquet de la fête des Rameaux » serait peut-être un équivalent plus approché du sens intime.

(Note du traducteur).

amoureux était aux arrêts, et un instant
elle caressa l'idée de suivre la même direction et d'aller faire honte de sa vilaine
action au misérable. Mais presque aussitôt
cette tentation se fondit dans l'incertitude
nouvelle qui s'était emparée d'elle, et elle
s'arrêta, contemplant rêveusement les jeux
de la lumière sur les glaçons.

Tout à coup une nouvelle vision, qui ne
paraissait pas moins imaginaire, la cloua
tout effarée au bord de l'eau.

C'était une forme colossale, ou qui paraissait telle, enveloppée d'une vaste redingote grise, la face à demi cachée dans
un capuchon ; en un mot, la parfaite image
du fantôme signalé dans la soirée. Elle
venait de la direction dans laquelle se
trouvait le camp endormi, et approchait
lentement.

Thankful ne respirait plus. Le brave
petit cœur qui tout à l'heure n'avait pas
frémi devant le fusil braqué de la sentinelle, s'arrêtait, près de défaillir, tandis que
le fantôme, d'un pas tranquille et fier,

arrivait sur elle. Pourtant elle eut le temps
de s'abriter derrière un tronc d'arbre.

La figure passa, dans sa majesté, sans
rien remarquer.

Au milieu de sa terreur, Thankful avait
gardé assez de présence d'esprit campagnarde pour constater que le pas du
fantôme faisait sur la neige durcie un bruit
très perceptible et y laissait l'empreinte
palpable d'une paire de grandes bottes
d'ordonnance !

Il n'en fallut pas plus pour lui rendre
toute son audace. Abandonnant son arbre,
elle se jeta d'un pas léger comme celui
d'une panthère, sur la trace de l'apparition,
qui maintenant s'éloignait vers la hauteur.
D'arbre en arbre elle la suivit jusqu'à la
porte d'une espèce de hutte ou de hangar
qui s'élevait à peu près à mi-chemin de la
pente.

Là, le fantôme entra, et la porte se referma sur lui.

La curiosité de Thankful était à son
comble. S'abritant derrière un gros érable,

elle se tint aux aguets, surveillant l'entrée de la hutte.

Elle ne tarda pas à la voir se rouvrir et à en voir sortir le fantôme, débarrassé maintenant de sa redingote grise. Thankful oublia tout pour ne voir que la nécessité de démasquer un imposteur : en fille qui ne connaissait pas la peur, elle quitta son arbre et vint se placer droit sur le chemin de l'apparition, qui la regarda naturellement avec quelque surprise en relevant la tête.

Les traits que la lune éclaira en plein, dans ce mouvement, étaient ceux du général Washington, calme et grave comme toujours.

Dans la consternation qui s'empara de Thankful, tout ce qu'elle put faire fut d'ébaucher une révérence embarrassée et d'arborer sur chacune de ses joues un frais signal de détresse.

Quant au pseudo-fantôme, il ne trahit aucune émotion.

— Vous prenez l'air bien tard, mistress Thankful, dit-il d'un ton paternel, et la sévère discipline d'une maison militaire doit, je le crains, vous avoir déjà donné de l'embarras. Cette sentinelle que voici, par exemple, aurait pu vous arrêter.

— Oh! elle n'y a pas manqué, dit vivement Thankful. Mais tout s'est arrangé, sauf le respect de Votre Excellence.... L'homme m'a demandé : « Qui vive? » et je le lui ai dit, et il m'a fait un très beau compliment, je vous assure.

Un sourire se dessina sur la figure habituellement si sérieuse du commandant en chef.

— Vous avez eu là une chance que les dames n'ont pas souvent, fit-il, celle de pouvoir tirer d'un compliment une utilité pratique. Sachez donc, ma chère enfant, qu'en l'honneur de votre visite au quartier général, j'ai donné cette nuit pour mot de passe à l'armée votre joli nom « Thankful Blossom ».

Deux larmes brillèrent au coin des yeux de la fillette; sa lèvre trembla d'émotion, si prompte à la riposte qu'elle fût d'ordinaire, et ne sut que balbutier :

— Oh!... Excellence!...

— Ainsi donc la sentinelle vous a laissée passer? reprit Washington en fixant sur elle ses yeux gris avec une attention toute particulière. Et sans doute vous êtes descendue vers la rivière... Il m'arrive parfois la nuit de venir jusqu'à cette hutte, mais je ne dois pas vous cacher que pour une jeune dame, il pourrait n'être pas sans danger de franchir cette ligne.

— Oh! je n'ai rencontré personne, Excellence! s'empressa de dire Thankful, toujours si sincère, et entraînée par la reconnaissance à articuler le premier mensonge de sa vie.

— Et vous n'avez *vu* personne? demanda Washington.

— Personne, répéta Thankful en levant ses yeux purs vers le général.

Ils se regardèrent un instant, — elle la plus franche jeune fille de toutes les colonies, — lui, dont le nom devait rester en Amérique le symbole de l'honneur et de la véracité, et leurs regards se dirent qu'ils

6

mentaient tous deux : ils ne s'en estimèrent
pas moins, j'imagine, peut-être même s'en
estimèrent-ils davantage.

— Je suis heureux d'avoir cette assurance
de votre bouche, mistress Thankful, reprit
Washington : j'aurais trouvé tout naturel
que vous eussiez recherché une entrevue
avec votre coupable fiancé, mais j'aime
mieux que vous n'ayez pas tenté une démarche qui aurait été aussi infructueuse que
peu sage.

— Je n'y ai même pas pensé, Excellence,
répondit Thankful qui avait très sincèrement
oublié déjà l'idée qu'elle avait eue. Mais si,
avec la permission de Votre Excellence, il
m'était possible d'avoir quelques moments
d'entretien avec le capitaine Brewster, j'a-
voue que j'en serais ravie.

— Il vaudra mieux remettre cette entrevue
pour le présent, dit Washington après un
instant de silence. Mais, dans un jour ou
deux, le capitaine Brewster passera en cour
martiale à Morristown, et je donnerai l'ordre,
en l'y faisant transférer, de lui permettre

une halte à la ferme. D'autre part, l'officier qui l'occupe aura pour instructions de vous fournir l'occasion de l'entrevue demandée... Et je pense que je puis aussi vous promettre, ma chère enfant, que votre père sera de la partie, et libre sous son toit.

Ils étaient arrivés à la porte et entraient dans le vestibule.

Thankful, d'un mouvement passionné, saisit la main du commandant en chef et la baisa.

— Comme vous êtes bon! dit-elle avec un léger tremblement dans la voix; et moi j'ai été si folle, si méchante, si ridiculement méchante! Mais Votre Excellence croit bien comme moi, n'est-ce pas, que ces messieurs ne sont pas des espions et sont bien ce qu'ils disent...

— Je ne vais pas tout à fait aussi loin, répondit Washington avec son bon sourire, mais n'importe... Et à ce propos, dites-moi donc, mistress Thankful, jusqu'à quel point a été la connaissance que vous avez de ces messieurs? Est-ce que le soufflet que

vous avez donné au baron a mis fin à
tout?

— Il m'avait demandé d'aller à cheval
avec lui à Baskingridge, et j'avais dit....
oui, balbutia Thankful.

— Eh! bien, mistress Thankful, ou je
vous juge mal, ou ce ne sera pas exiger
grand sacrifice que vous prier de ne pas le
revoir sans ma permission? demanda
Washington.

Les yeux de Thankful brillèrent de
plaisir.

— Certes, je le promets volontiers, dit-
elle simplement.

— Bonsoir, mademoiselle, fit le général
en s'inclinant profondément.

— Bonsoir, Excellence.

IV

Le soleil était déjà haut le lendemain
quand mistress Thankful arrêta sa jument
toute fumante devant la porte de la ferme.
Elle n'avait jamais été plus jolie, mais elle
ne s'était jamais sentie aussi embarrassée
qu'en rentrant chez elle. Tout en revenant
au galop, elle avait préparé de fort belles
excuses qu'elle se proposait d'adresser au
major Vanzandt. Mais à peine eut-elle vu
cet officier se présenter sur le seuil avec un
salut respectueux, qu'elle n'eut plus sur
les lèvres un seul mot de son petit discours.

Elle lui permit bien pourtant d'usurper

6.

les fonctions du souriant César, et de la
mettre à terre. Mais elle avait conscience
d'une timidité subite qui devait lui donner
l'air emprunté d'une paysanne ; et c'est
pourquoi, après avoir balbutié un « merci »
tout sec; elle se hâta de courir se cacher
dans sa chambre.

Tout le reste du jour, le major Vanzandt
sut éviter, sans affectation, de se trouver
sur son chemin. Cela n'empêchait pas pourtant qu'il ne la regardât de tous ses yeux
quand ses devoirs de ménagère rendaient
une rencontre inévitable : et c'est ce que
l'innocente mistress Thankful remarqua fort
bien, en dépit de sa mine contrite et de ses
longs cils baissés.

Par esprit d'imitation, sans doute, elle fit
bientôt comme lui. Ils étaient assez amu-
sants à voir, se regardant à la dérobée
comme deux chats, rasant les murs de près
pour n'avoir pas l'air de chercher les occasions de rapprochement, et ne manquant
pas surtout d'exécuter une série de révé-
rences et de profonds saluts chaque fois

qu'un de ces contre-temps purement acci-
dentels se produisait.

Vers la fin du second jour, l'élégant major
Vanzandt commençait à se dire qu'il était en
bon train de ressembler à un baveux de
caserne ou à un niais de village, quand
l'arrivée d'une estafette envoyée du quartier
général vint fort à propos sauver son amour-
propre.

Mistress Thankful se trouvait dans son
petit salon quand le major frappa à la
porte.

— Entrez ! dit-elle, non sans émotion.

Le major tenait à la main une lettre
d'aspect officiel et prétentieux.

— Mistress Thankful Blossom me pardonnera de la déranger, dit-il gravement, mais
voici une lettre qui arrive pour elle du quartier général... Elle me permettra, je l'espère,
d'exprimer l'espoir que ce message lui
apporte une bonne nouvelle — la mise en
liberté de M. Blossom — et qu'il va du même
coup la délivrer de ma présence ; la surveillance dont je suis chargé ne peut pas

avoir été plus pénible pour elle qu'elle ne l'est pour moi.

Au moment où il était entré, Thankful s'était levée avec l'intention bien arrêtée de lui réciter son fameux petit discours. Mais tout ce qu'elle put faire quand elle entendit ces derniers mots fut de le regarder d'un air suppliant et d'éclater en larmes.

Naturellement, il fut à l'instant auprès d'elle, et s'empara de sa petite main fraîche. Alors elle réussit à expliquer, au milieu de ses sanglots, qu'elle désirait de tout son cœur pouvoir s'excuser ; que depuis son retour elle avait besoin de lui dire combien elle s'en voulait d'avoir été si violente. Il ne pourrait jamais lui pardonner, elle le savait bien. Mais pour elle, elle n'oublierait jamais sa parfaite courtoisie et sa patience. Il y a longtemps qu'elle lui aurait exprimé le sentiment profond qu'elle en avait ; mais, ajouta-t-elle, en levant vers le major surpris ses brunes paupières tout humides de pleurs : « *Vous n'avez jamais voulu.* »

— Chère mistress Thankful, s'empressa-
t-il de répondre à cette accusation directe,
soyez bien sûre que si j'ai observé une réserve aussi complète, c'était uniquement
dans la crainte de me rendre importun, au
milieu de vos chagrins. Je puis vous affirmer, chère mistress Thankful...

— Penser que vous preniez la peine de
faire le tour par le vestibule, au lieu de
passer par la salle à manger ! sanglotait
Thankful ; n'était-ce pas me faire voir que
vous me haïssez, que vous préférez...

— La lecture de cette lettre vous fera
peut-être du bien, mistress Thankful, interrompit l'officier en lui montrant la lettre
qu'elle oubliait sur la table.

Elle s'empressa de l'ouvrir, un peu confuse de sa distraction. C'était une commu-
nication semi-officielle, ainsi conçue :

« Le commandant en chef est heureux de
pouvoir informer mistress Thankful Blossom
que les charges articulées contre son père
ont, après enquête, été trouvées sans fon-
dement. Le commandant en chef a de plus

l'honneur de faire savoir à mistress Blossom que le gentilhomme à elle connu sous le nom de baron Pomposo, n'était autre que Son Excellence don Juan Moralès, ambassadeur plénipotentiaire et envoyé extraordinaire de la cour d'Espagne ; quant au gentilhomme à elle connu comme le comte Ferdinand, il n'est autre que le señor Godoy, secrétaire de l'ambassade espagnole. Le commandant en chef a d'autre part le regret d'annoncer à mistress Thankful Blossom la mort subite de don Juan Moralès, survenue ce matin, et qui va sans doute entraîner le départ immédiat de l'ambassade. Il saisit avec plaisir cette occasion de rendre hommage à la sincérité parfaite, à la sûreté d'intuition, et à la *discrétion* de mistress Thankful Blossom.

« Général GEORGE WASHINGTON.

» Par ordre de son Excellence :

» A. HAMILTON, secrétaire.

« A Mistress Thankful Blossom, Blossom-Farm. »

Thankful resta un instant rêveuse, puis elle regarda le major. Un coup d'œil lui suffit pour voir qu'il ne savait rien de l'imposture, rien du piège dans lequel sa vanité et son étourderie avaient failli la faire tomber.

Il remarqua pourtant le chagrin qui se peignait sur sa figure.

— Chère mistress Thankful, dit-il, j'espère que vous n'avez pas reçu de mauvaises nouvelles. Le sergent m'avait dit...

— Vous avait dit? répéta-t-elle avec inquiétude.

— Qu'avant vingt-quatre heures votre père serait libre et moi relevé de ma garde.

— Oh ! je sais bien que vous en êtes fatigué, major, dit Thankful, non sans amertume ; réjouissez-vous donc, vous êtes bien informé, et mon père va être libre, à moins... à moins que cette lettre ne soit un faux, et que le général Washington ne soit quelqu'un d'autre, et vous aussi et tout le monde !...

En disant ces mots, elle cacha ses yeux humides derrière les rideaux de la fenêtre.

— Pauvre fille ; se dit le major Vanzandt.
Tous ces ennuis la rendent folle ! Comment
ai-je pu attacher la moindre importance aux
actes d'une pauvre enfant que le chagrin
prive de sa raison et de son libre arbitre ?...
Peut-être ferai-je mieux de me retirer et de
la laisser seule..

Il se dirigeait déjà vers la porte, quand il
remarqua derrière le rideau des symptômes
alarmants de désespoir, et de ses profondeurs sortit une voix plaintive qui disait
au milieu des sanglots :

— Ainsi, vous me quittez sans m'avoir
pardonné !

— Vous pardonner, mistress Thankful ?
s'écria-t-il en revenant vers le rideau et
reprenant une petite main qui en sortait en
se débattant ; vous pardonner ? Mais c'est
plutôt vous qui auriez à me pardonner ma
cruauté de ne pas comprendre...

Ici le major, qui avait pourtant une réputation bien établie pour sa facilité à
tourner un compliment, s'arrêta tout court.
Heureusement la petite main qu'il tenait

n'était plus froide, elle était brûlante, elle était vivante, et, à défaut d'expressions suffisamment énergiques pour exprimer son repentir, il la pressa avec ardeur, comme si elle eût pu lui rendre le fil de son discours.

Mais mistress Thankful la retira bientôt, le remercia d'avoir bien voulu lui pardonner ses méfaits et s'enfonça de plus belle derrière le rideau. Il partit.

A peine eut-il quitté le salon, qu'elle se jeta sur un fauteuil et s'abandonna à un véritable désespoir. Son orgueil était profondément humilié, son esprit d'indépendance abattu sans retour. Peut-être avait-elle été peinée d'abord de la mort soudaine du faux baron. Mais il ne lui restait déjà plus de ce premier mouvement qu'un regret égoïste de ce que le personnage avait quitté cette vallée de larmes sans montrer au monde (actuellement composé du quartier général et du major Vanzandt) que ses attentions étaient bien réelles et peut-être pour le bon motif. Si seulement il lui avait

7

fourni une occasion de les repousser pu-
bliquement! Mais non: il était mort, et
elle passerait à jamais pour une petite paysanne vaniteuse qui se laisse prendre aux
galanteries d'un beau seigneur.

Que son père eût prêté la main à l'imposture, soit par ambition, soit par cupi-
dité, elle n'en avait pas douté une minute.
Ainsi, fiancé, père, ami, tout lui manquait,
tout la trahissait à la fois! Son seul appui,
elle l'avait trouvé chez ceux qu'elle avait
accablés d'outrages!.. Pauvre petite Blossom! C'était en vérité une fleur éclose
avant la fin de l'hiver, une pauvre fleur
de deuil, et non pas une fleur d'actions de
grâces, qui était là courbant sa jeune tête
au vent glacé de l'adversité et qui se balançait tristement sur sa chaise, sa jupe de
basin ramenée sur ses épaules, ses bas à
coins pathétiquement croisés devant elle
dans de petits souliers à boucles!...

Par bonheur, le chagrin ne peut pas
mordre longtemps sur ces cœurs frais et
purs. Une heure plus tard, Thankful était

déjà dans l'étable, ses bras passés autour
du cou de sa génisse favorite, lui racontant ses peines, et qui sait? arrivant peut-
être à éveiller l'obscure sympathie de ce
ruminant. Puis elle gronda César sans raison, et finalement elle rentra avec l'air
d'un ange qui vient de subir une affreuse
injustice, ou qui n'a pu réussir, en dépit
de ses efforts, à ramener la concorde ici-
bas, sans toutefois que cet échec ait en
rien altéré son ineffable mansuétude.

Spectacle qui ne pouvait manquer de
plonger le major Vanzandt dans les noirs
abîmes du remords, et qui eut pour résultat de l'envoyer fumer du tabac de Virginie parmi ses hommes dans le camp extérieur; circonstance qui, à son tour, eut pour
effet de faire rentrer Thankful dans son
appartement plus tôt qu'à l'ordinaire et de
la faire pleurer sur son blanc oreiller jusqu'à ce qu'elle se fût endormie.

Peut-être la nature suivit-elle son exemple,
car, au coucher du soleil, un dégel général
avait commencé, et, vers minuit, tous les

torrents et tous les ruisseaux délivrés se mirent à gémir harmonieusement, tandis que les arbres, les buissons et les haies versaient toutes les larmes qu'ils avaient en réserve.

Enfin l'aurore parvint à se dégager du voile de vapeurs qui cachait le paysage. On vit alors se produire un de ces coups de théâtre météorologiques qui sont particuliers au climat, mais que la rigueur de cet hiver historique rendait plus spécialement remarquables. A dix heures précises, le matin de ce 3 mai 1779, un brûlant soleil de juin déchira tout à coup la brume et versa ses torrents de chaleur sur les lignes dures et dénudées des montagnes du Jersey. Le sol encore engourdi ne répondit que faiblement à ce baiser, quoique déjà les saules qui jaunissaient au bord de la rivière prissent une teinte plus sombre. Mais les paysans savaient que le printemps était enfin de retour.

Le major Vanzandt lui-même crut devoir accourir pour annoncer officiellement à mistress Thankful qu'un de ses hommes venait de voir une violette dans les prés. Mistress Thankful s'empressa naturellement de chausser ses petits sabots et de passer sa pelisse pour aller reconnaître ce premier-né d'un été tardif. Il n'était pas moins naturel que le major Vanzandt lui servit d'escorte dans cette périlleuse expédition. Et c'était ainsi que, sans plus penser à leurs querelles, ils se mirent à courir comme deux enfants en descendant vers la prairie marécageuse. Tels sont les effets du printemps.

Mais les violettes se cachaient modestement. Mistress Thankful, sans crainte de mouiller sa belle robe neuve, écartait pour les trouver les brins de gazon tout humides. Le major Vanzandt, adossé à un arbre, suivait tous ses mouvements avec une admiration muette.

— Ce n'est pas ainsi que vous trouverez des violettes! finit-elle par lui dire avec une impatience évidente. Il faut vous mettre à genoux comme moi. *Il y a des choses en*

*ce monde qui valent la peine qu'on se baisse
pour les ramasser.*

Le major ne se le fit pas dire deux fois,
et s'agenouilla auprès d'elle; mais justement mistress Thankful avait complété son
bouquet et se relevait.

— Restez là, dit-elle avec malice.

Puis, se penchant et attachant une de ses
fleurs au revers de l'habit d'uniforme :

— Voilà pour compenser ma méchanceté
de l'autre jour, fit-elle. Et maintenant levez-
vous.

Le major ne bougea pas. Il s'empara des
deux petites mains qui voltigeaient comme
des oiseaux sur sa poitrine, et levant ses
yeux vers la face rieuse qui le dominait :

— Chère mistress Thankful, dit-il, laissez-
moi vous répéter vos propres paroles : *Il y
a des choses en ce monde qui valent qu'on se
baisse pour les ramasser.* Mon amour, par
exemple, mistress Thankful, mon amour qui
vaut bien une fleur. Moins gracieux que
vos violettes peut-être, mais aussi pur et...

— Comme elles, prêt à pousser en une

seule matinée, acheva Thankful en riant.
Allons, allons, levez-vous, major! Que di-
raient les belles dames de Morristown si
elles vous voyaient à genoux devant une
petite paysanne, bonne tout au plus à servir de jouet pour un instant? Que pen-
serait mistress Bolton si elle voyait son
galant chevalier, le major Vanzandt, offrant
son précieux hommage à la pauvre fiancée
d'un rebelle et d'un traître? Laissez ma
main, je vous en prie, major, si vous avez
le moindre respect...

Elle était libre, mais elle hésita un instant auprès de lui, et les larmes vinrent
une fois de plus se suspendre à ses longs
cils. C'est d'une voix tremblante qu'elle
reprit :

— Levez-vous, je vous prie, major. Ne
pensons plus à tout cela. Pardonnez-moi,
je vous en supplie, si j'ai encore été dure
avec vous.

Le major essaya de se lever, mais ce fut
en vain. Pourquoi faut-il avoir à constater
un fait douloureux qui devint subitement

évident, à savoir qu'une de ses jambes
sculpturales s'était engagée dans une fon-
drière? Il n'y avait pas à dire : il enfonçait
visiblement. Mistress Thankful ne put s'empêcher d'éclater d'un petit rire frais comme
le trille d'une allouette. Puis elle s'arrêta
toute confuse et même effrayée du danger
que courait le major. Puis elle eut encore
un accès de rire, auquel le pauvre officier
essaya de se joindre quoiqu'il fût rouge de
dépit. Enfin, avec un cri d'alarme, elle se
jeta sur lui et mit ses bras autour de son
cou.

— Écartez-vous, écartez-vous, au nom du
ciel, mistress Blossom ! fit-il vivement, ou
je vous entraînerai avec moi et cela n'arran-
gera rien.

Dans ce moment critique, la présence
d'esprit de Thankful ne l'abandonna pas.
Elle sauta sur un rocher voisin.

— Déroulez votre écharpe, dit-elle très
vite, attachez-la à votre ceinturon et jetez-
moi l'autre bout.

Il fit ce qu'elle lui disait; elle, de son

côté, assurait ses pieds sur le sol et se renversait pour tendre l'écharpe.

— Et maintenant, ensemble ! dit-elle.

Les tendons de ses muscles d'acier apparurent sous les rondeurs de ses bras. Un effort, un autre effort, un autre encore, et le major se trouva hissé sur le roc. Et alors de rire ! Et puis, redevenant subitement sérieuse, elle se mit à le racler, à l'essuyer avec des feuilles sèches, avec des brins de fougère, avec son mouchoir, avec le bord de sa pelisse, comme elle eût fait à un enfant. Et lui ne savait plus s'il devait être confus ou ravi.

Ils n'échangèrent que quelques mots en revenant à la ferme. Mistress Thankful avait repris toute sa gravité, en dépit du soleil qui brillait gaiement au-dessus d'eux, du paysage qui se remplissait d'allégresse et semblait ressusciter, de la brise qui murmurait à l'oreille de la nature ses promesses d'amour, et lui annonçait la venue des fruits de l'été. Ils arrivèrent côte à côte à la porte, silencieux et pénétrés d'un sentiment

7.

à demi délicieux, à demi effrayant, qu'ils
n'étaient plus les mêmes qu'une heure au-
paravant, quand ils étaient partis.

Ici pourtant, mistress Thankful retrouva
son audace. Comme ils entraient dans le
vestibule, elle lui rendit son écharpe qu'elle
avait gardée jusque-là, et ce faisant, elle ne
put s'empêcher de dire en riant :

— Décidément, major Vanzandt, il y a
des choses en ce monde qui valent qu'on se
baisse pour les ramasser.

Elle avait compté sans son hôte. A peine
avait-elle lancé sa flèche et se préparait-elle
à fuir, qu'elle se sentit prise entre deux
bras irrésistibles et serrée contre le major.
Elle lutta, de bonne foi, j'ai tout lieu de le
croire, et peut-être plus encore contre elle-
même que contre l'officier. Il est certain
pourtant que c'est dans un moment de do-
cilité relative qu'il parvint à lui donner un
baiser. Sur quoi, il fut épouvanté lui-même
de son audace et la laissa s'échapper. Elle
s'enfuit dans sa chambre, se jeta palpitante
et fâchée sur son lit :

— Il ne faut plus qu'il m'embrasse une autre fois, se disait-elle doucement, à moins... Elle s'arrêta; sa pensée reprit : je mourrai s'il ne m'embrasse plus. Et certainement je n'embrasserai jamais un autre homme!...

Un pas bien connu déjà, qu'elle entendit sur l'escalier, la remit sur ses pieds. On frappa à la porte. Elle ouvrit, et sur le seuil parut le major Vanzandt, si pâle que la ligne rouge laissée sur sa figure par le coup de cravache redevenait visible et semblait une accusation vivante.

Elle pâlit comme lui et attendit en silence.

— Une escorte de dragons, dit-il avec une précision toute militaire, vient d'arriver amenant un certain capitaine Allan Brewster, du contingent de Connecticut. Cet homme est envoyé à Morristown pour passer en cour martiale sous l'inculpation de mutinerie et trahison. Une lettre du colonel Hamilton me donne l'ordre de l'autoriser à avoir un entretien particulier avec vous, si vous en exprimez le désir.

Thankful vit d'un coup d'œil que ce n'était pas là tout ce que disait la lettre, et que sa situation à l'égard du capitaine Brewster était connue de celui qui lui parlait. En conséquence, elle se redressa fièrement, et levant vers le major son regard limpide, elle dit :

— Je *désire* avoir cet entretien.

— Il sera fait comme vous le désirez, mistress Blossom, répondit l'officier avec une froide politesse, en tournant sur ses talons.

— Un instant, s'il vous plaît, major Vanzandt, dit vivement Thankful.

Le major revint avidement sur ses pas. Mais les yeux de Thankful étaient distraits et le regardèrent à peine.

— J'aimerais mieux, dit-elle timidement, que cette entrevue n'eût pas lieu sous le toit de... mon père... A mi-chemin de la prairie, il y a un hangar, et tout auprès le mur ébréché en face d'un ormeau... *Il* saura bien où je veux dire... Veuillez lui faire savoir que j'y serai dans une demi-heure.

Un sourire que le major essaya de rendre
simplement ironique, mais qui était amer,
contracta ses lèvres comme il s'inclinait en
répondant :

— Voici la première fois de ma vie, je
pense, fit-il sèchement, que j'ai l'honneur
d'arranger un rendez-vous pour des amoureux. Mais, croyez bien, mistress Thankful,
que je ferai tout mon possible pour me
montrer à la hauteur de ma mission. Dans
une demi-heure, je vous livre mon prisonnier.

Ponctuelle comme un soldat, mistress
Thankful, cachant sa figure pâle sous un
capuchon, passa à l'heure indiquée auprès
du major, immobile dans le vestibule, et
alla au rendez-vous.

Environ une heure plus tard, César venait
dire au jeune officier que mistress Thankful l'attendait au salon et désirait lui parler.

Il la trouva défaillante sur son sofa.

— J'ignore, lui dit-elle, en faisant un
effort pour se soulever, si vous savez que
celui que je viens de quitter a été mon

fiancé depuis plus d'un an. Je croyais l'aimer. En tout cas je n'avais pas avec lui d'arrière-pensée. J'aime mieux vous dire cela maintenant, parce que vous l'apprendriez nécessairement par d'autres, d'une manière incomplète, et il vaut mieux que vous sachiez de moi toute la vérité. Cet homme m'a trahie. Il a dénoncé comme espions deux de mes amis. J'aurais pu lui pardonner sa vilaine action si elle n'avait été dictée que par une sotte jalousie. Malheureusement, je viens d'apprendre de sa propre bouche quel en était le véritable mobile. Il voulait seulement satisfaire la haine qu'il porte au commandant en chef, en faisant arrêter ces messieurs, et en suscitant ainsi une grosse difficulté qu'il comptait utiliser à son profit. Voilà ce qu'il vient de me dire, dans l'espoir que je partagerais sa haine et que je sympathiserais avec lui... Je dois le confesser à ma honte, major Vanzandt, il y a deux jours je croyais aveuglément à sa parole. Je vous regardais comme un simple recors du tyran. Vous

qui connaissez si bien le commandant en
chef, vous comprendrez aisément comment j'ai
ouvert les yeux à la vérité après l'avoir vu...
Pourtant je n'ai pas cru nécessaire de dire
à cet homme ce que je savais de sa trahison :
il y a une autre raison qui m'empêche désormais de lui rendre... son amour.

Le major se rapprocha vivement d'elle.
Elle lui fit signe de la laisser achever.

— Il m'a amèrement reproché le peu de
sympathie que je lui témoignais, reprit-elle.
Il m'a rappelé mes serments. Il m'a montré
mes lettres. Enfin, il a fini par me dire que
si je lui étais fidèle je devais l'aider de tout
mon pouvoir. Je lui ai répondu que s'il
voulait oublier le passé, s'il voulait renoncer
à toute prétention sur moi, s'il s'engageait
à ne jamais plus me parler, m'écrire ou
chercher à me revoir ; enfin, s'il me rendait
mes lettres, à ces conditions je viendrais à
son secours...

Elle s'arrêta et le rouge monta à ses joues.

— Vous voudrez bien remarquer, major,
que j'avais accepté l'amour de cet homme

comme une pauvre innocente et confiante fille que j'étais... Eh bien ! quand je lui ai fait cette proposition, il.... l'a acceptée !

— Le misérable ! s'écria le major Vanzandt. Mais en quoi pouvez-vous être utile à ce double traître ?

— Je lui ai déjà été utile, dit Thankful d'une voix calme.

— Comment cela ? demanda le major.

Elle le regarda presque durement :

— En trahissant, moi aussi, fit-elle. Vous voulez savoir comment ? Le voici. Pendant que vous vous promeniez ici de long en large, pendant que vos hommes riaient et bavardaient sur la route, César sellait ma jument blanche, la plus vite du pays. Il la conduisait au sentier qui longe le hangar. La jument est maintenant à deux milles d'ici, et elle emporte le capitaine Brewster... Voilà tout simplement l'affaire, major. Oh ! vous pouvez me regarder. J'ai trahi, et voilà le prix de ma trahison.

Elle tira de son sein un paquet de lettres et le jeta sur la table.

Elle s'attendait à voir le major s'abandonner à la colère et fut stupéfaite de le
voir rester silencieux.

— Mais parlez-moi donc! s'écria-t-elle
violemment. Ouvrez la bouche, ne fût-ce
que pour me maudire! Donnez l'ordre à vos
hommes de m'arrêter! Je me proclamerai
coupable, je sauverai votre honneur! Mais
parlez, au moins!

— Voudriez-vous avoir l'obligeance de
me dire, répondit froidement le baron Vanzandt, pourquoi vous m'avez fait deux fois
l'honneur de me souffleter ?

— Parce que je vous aime. Parce qu'en
vous voyant, j'ai compris que je voyais mon
maître, et je me suis vainement révoltée.
Parce qu'en m'avouant que je ne pouvais
m'empêcher de vous aimer, j'ai reconnu
que je n'avais jamais aimé encore et j'ai
voulu effacer d'un trait un passé menteur...
Parce que je ne veux pas que vos yeux
puissent tomber jamais sur un mot d'a-
mour signé de moi et qui ne soit pas pour
vous!...

Le major Vanzandt la regarda avec tristesse :

— J'ai été assez fou pour vous montrer le pouvoir que vous avez pris sur moi, mistress Thankful, dit-il. Mais quand, par égard à mon pauvre amour-propre, vous voulez bien descendre à cet artifice de feindre un sentiment que vous n'éprouvez pas, vous auriez dû songer que vous faisiez précisément la seule chose qui me défende à jamais de vous offrir ma tendresse. Si vous aviez réellement quelque affection pour moi, votre instinct féminin vous aurait avertie que vous posiez le pied sur un terrain où l'honneur m'interdit de vous suivre. Peut-être comprendrez-vous ce que vous avez fait, si je vous dit ceci : en supposant que cet homme, ce traître, ce prisonnier confié à ma garde, votre fiancé en un mot, eût échappé à ma surveillance sans votre aide, sans votre complicité, et même à votre insu, eussé-je à ce moment été avec vous au pied de l'autel, j'aurais considéré comme un devoir de vous quitter pour le poursuivre !...

Thankful l'écoutait, les yeux hagards, la
bouche entr'ouverte, presque sans souffle,
comme elle aurait pu écouter une voix
lointaine et inconnue lui parlant dans une
langue étrangère. Toute cette rhétorique
d'honneur ne disait pas grand'chose à son
cœur de femme; elle en déduisait seulement
une sorte d'obscure conviction qu'il la mé-
prisait, et que dans cette tentative suprême
pour se faire aimer de lui, elle n'avait
réussi qu'à tuer dans sa fleur une affection
naissante.

— Vous trouverez peut-être singulier,
reprit le major, que je reste ici à formuler
des axiomes de morale pendant que mon
devoir serait de courir après votre fiancé :
mais croyez bien que mon seul mobile est
votre intérêt. Je veux qu'il paraisse y avoir
entre son évasion et votre entrevue avec
lui un intervalle suffisant pour vous mettre
à l'abri de tout soupçon de complicité. Ne
pensez pas, d'ailleurs, reprit-il avec un
triste sourire, que je risque ainsi de le voir
m'échapper. Il n'y a pas d'espoir pour lui.

Un cordon continu de grand'gardes s'étend à plusieurs milles autour du camp; il n'a pas le mot d'ordre, et son crime est aussi connu que sa figure.

— C'est vrai, dit Thankful; mais un détachement de son régiment garde la route de Baskingridge.

— Comment savez-vous cela? demanda vivement le major.

— C'est lui qui me l'a dit.

Avant qu'elle eût pu tomber à genoux et lui demander pardon, il s'était précipité hors du salon et avait donné un ordre. Quand il revint, ses joues étaient brûlantes et ses yeux jetaient des flammes.

— Écoutez-moi, dit-il à la hâte en prenant les deux mains de la jeune fille. Vous ne savez pas ce que vous avez fait. Je vous pardonne. Mais il ne s'agit plus ici de mon devoir, il s'agit de mon honneur. Je vais courir seul après cet homme et je le ramènerai, ou je ne reviendrai pas. Adieu. Que le Seigneur vous bénisse !

Il était déjà sur la porte. Elle le retint.

— Répétez-moi seulement que vous me pardonnez, dit-elle entre deux sanglots.

— Oui, je l'ai dit, je vous pardonne.

— Guert !

C'était la première fois qu'elle l'appelait par son prénom. Mais il y avait encore autre chose dans la voix de la jeune fille, et il attendit, cloué sur le seuil.

— Je vous ai... menti. Il y a un cheval plus vite que ma jument dans l'écurie. C'est la pouliche rouanne dans la stalle n° 2.

— Que le Seigneur vous bénisse !

Il était parti. Elle attendit jusqu'à ce qu'elle eut entendu les quatre fers du cheval sur la route.

Quand César entra un peu plus tard pour lui annoncer l'évasion du capitaine Brewster, le salon était vide. Mais bientôt il fut envahi par une troupe bruyante de soldats.

— Naturellement, elle n'est plus là, dit le sergent Tibbits. La coquine a décampé avec son capitaine.

— Oh ! c'est parfaitement clair, répondit

le caporal Hicks, il manque deux chevaux à l'écurie, outre celui du major.

Quand l'estafette rentra au quartier général, le lendemain matin, elle y apporta la nouvelle : mistress Thankful Blossom avait favorisé l'évasion de son fiancé et avait pris la fuite avec lui.

— Après tout, cela vaut peut-être mieux ainsi, dit brusquement le général Sullivan, et j'aime autant que le renégat nous ait épargné la honte d'un procès... Mauvaises nouvelles du major Vanzandt, reprit-il en achevant de parcourir le rapport.

— Quelles nouvelles? demanda Washington avec intérêt.

— Il a couru après le fugitif jusqu'au delà de Springfied, a crevé son cheval sous lui et est tombé sans connaissance devant la tente du major Merton. Le délire l'a pris, accompagné d'une fièvre brûlante, et le chirurgien, après un examen attentif, pense avoir affaire à un cas de variole des plus graves.

Un murmure de sympathie fit le tour du salon.

— Encore un brave officier qui serait si bien mort à la tête de son escadron et que l'entêtement d'un mauvais drôle tire au tombeau par les talons ! grommela Sullivan.

— Pauvre Vanzandt ! dit Hamilton, où l'a-t-on mis ? à l'hôpital ?

— Non, par permission spéciale, il a été transporté à Blossom-Farm, qui est suffisamment éloignée de toute autre habitation et qu'on a mise en quarantaine. Abner Blossom s'est prudemment soustrait aux dangers de la contagion, et quant à sa fille, elle est en fuite. Le malade n'a auprès de lui qu'un domestique nègre et une vieille garde malade. Si donc il s'en tire sans être trop défiguré, la jolie mistress Bolton de Morristown n'aura pas lieu d'être jalouse ou scandalisée.

V

La vieille garde-malade en question se
tenait devant la fenêtre de la chambre à
coucher qui avait été, trois ou quatre semaines plus tôt, celle de Thankful Blossom.
Elle était immobile et silencieuse, selon la
coutume des vieilles gardes-malades, et contemplait un paysage d'été. Car l'été avait
à peine laissé au printemps l'occasion de se
montrer, et les grands ormeaux qui se
dressaient devant la ferme ne faisaient plus
entendre maintenant un léger murmure,
mais parlaient à haute voix dans le tiède
zéphir.

Il y avait des frôlements d'oiseau dans les buissons, des bourdonnements d'abeilles dans l'air, et par la fenêtre ouverte arrivaient à chaque instant des bouffées de l'encens que brûlent constamment les fleurs. Les champs avaient revêtu leur habit de noce. En voyant la vieille maison à demi cachée sous le feuillage et toute verte de ses treilles, comment croire que la neige eût jamais couvert son toit, ou que des glaçons se fussent jamais accrochés à la mousse de ses crevasses ?

— Thankful, dit une voix encore tremblante et faible.

La vieille garde-malade se retourna : c'était la douce figure de Thankful Blossom, plus charmante que jamais dans sa pâleur, qui se montra sous ces coiffes.

— Venez près de moi, mignonne, reprit la voix.

Thankful s'approcha du lit de repos sur lequel s'achevait la convalescence du major Vanzandt.

— Dites-moi, mignonne, fit le major en

8

prenant sa main, quand vous avez voulu
qu'on nous mariât pour avoir le droit de
me soigner, comme vous avez dit au cha-
pelain, aviez-vous bien songé aux consé-
quences possibles de tout ceci? J'aurais pu
être si affreusement défiguré, par exemple,
que vous vous seriez détournée de moi
avec horreur !

— C'est précisément pour cela que j'ai
insisté, ami, dit Thankful avec une pointe
de malice. Je savais fort bien qu'en ce cas
l'orgueil, ou si vous l'aimez mieux, l'honneur de certain bel officier de ma connaissance l'aurait empêché de tenir la promesse
qu'il avait faite à une pauvre fille.

— Ma chérie, poursuivit le major en por-
tant la petite main à ses lèvres, supposez le
cas contraire. Supposez que vous eussiez pris
la contagion ; que je m'en fusse tiré sans trop
d'avaries, mais que cette jolie figure-là...

— Oh ! j'ai bien pensé à cela aussi ! interrompit Thankful.

— Eh ! qu'auriez-vous fait mignonne ?
demanda le major avec un sourire.

— Je serais morte! répliqua Thankful très sérieusement.

— Mais comment?

— D'une manière ou d'une autre. Mais assez de questions impertinentes et frivoles, monsieur. Il faut vous reposer maintenant... Vous savez que mon père arrive demain.

— Thankful, chère, savez-vous ce que les arbres et les oiseaux me disaient par la fenêtre, quand je m'agitais dans ma fièvre?

— Que vous disaient-ils, ami?

— Thankful Blossom!... Thankful Blossom!... Thankful Blossom arrive.

— Et vous, savez-vous ce que je me disais, doux ami, en relevant votre pauvre tête, quand je vous ai rejoint tout évanoui auprès de votre cheval mort, à Springfield?

— Que vous êtes-vous dit, mignonne?

— Il y a des choses en ce monde qui valent bien qu'on se baisse pour les ramasser.

Et elle accentua d'un baiser sa petite malice.

Ils vécurent vieux, et elle lui survécut.

Ma mère se rappelait l'avoir vue en 1833.
A cette époque, Thankful Blossom avait sur
son entrevue avec le général Washington
des souvenirs beaucoup plus détaillés
qu'on a cru devoir les donner ici. L'affaire de l'ambassadeur d'Espagne avait pris
aussi des développements très remarquables.
C'est ainsi que ce noble seigneur lui avait,
paraît-il, offert un trousseau d'une richesse
incalculable ; le mariage devait se faire au
quartier général ; malheureusement Son
Excellence était morte de joie au moment
d'aller à l'autel. D'autres fois elle donnait
volontiers à entendre que tout s'était ter-
miné par un mariage secret. Il était curieux
de voir comme le major Vanzandt s'enfonçait de plus en plus dans l'ombre de
l'arrière-plan, à mesure qu'elle avançait en
âge. C'est pourquoi on a cru devoir le
mettre au premier, dans ces pages.

Le digne Allan Brewster était parvenu
à gagner heureusement Hertford, Connecticut. A la paix, il fut élu au Congrès
pour ce district. Ses démêlés avec le com-

mandant en chef étaient généralement con-
sidérés par cette patriotique population
comme une honnête et légitime opposition
aux empiètements du fédéralisme. Tout au
plus concédait-on qu'elle avait peut-être été
quelque peu prématurée.

8.

LE SOLLICITEUR

DE WASHINGTON

— Avez-vous jamais jeté un coup d'œil
sur la *Sentinelle de Rémus?* me demanda-t-il.

Non seulement je n'avais jamais eu cet
avantage, mais j'ignorais même la situation
géographique de cette ville.

— Il est singulier que l'hôtel ne reçoive
pas la *Sentinelle!* poursuivit-il. Il faudra que
j'en touche un mot au rédacteur en chef...
Ce n'est pas que la chose ait grande importance ; mais je puis bien vous avouer que
j'ai, moi aussi, appartenu pour un temps
à votre honorable profession et donné des

articles à ce journal. Quelques-uns de mes
amis — trop indulgents sans doute — vou-
laient bien reconnaître dans mon style des
analogies avec celui de Junius. Je n'ai pas
besoin de vous dire que j'acceptais seule-
lement sous bénéfice d'inventaire une opinion aussi flatteuse. Mais enfin, il est
incontestable que pendant la dernière campagne électorale mes articles ont fait leur
petit effet... Je serais bien aise de vous en
montrer un. Peut-être l'ai-je sur moi...

Ici sa main plongea dans la poche inté-
rieure de son habit avec une agilité qui
indiquait une longue habitude; mais après
avoir feuilleté sur ses genoux un paquet
de documents crasseux, qui paraissaient
être des certificats largement apostillés, il
finit par s'écrier :

— Je l'aurai laissé dans ma malle !

Je respirai. La scène se passait à Washington, dans la rotonde d'un hôtel fameux.
Il y avait à peine cinq minutes que ce personnage — un inconnu pour moi — avait
rapproché son fauteuil du mien et entamé

la conversation. Il avait cet air effaré, timide et impuissant qui s'abat sur les gens de province quand ils se trouvent pour la première fois de leur vie hors de leur milieu ordinaire et voient leur personnalité perdue dans un monde plus vaste, plus froid et plus indifférent qu'ils n'auraient jamais pu l'imaginer.

Pour le dire en passant, cette familiarité et cette indiscrétion, qu'on est souvent porté à reprocher aux paysans ou aux provinciaux, en chemin de fer et dans les villes, ont ordinairement pour cause un sentiment écrasant de leur isolement et un véritable accès de nostalgie. Je me rappelle m'être trouvé dans le wagon des fumeurs, sur la ligne du Kansas, avec un de ces exilés : à force de m'accabler de questions oiseuses, ce malheureux finit par découvrir que je connaissais vaguement un homme qui avait jadis habité, dans l'Illinois, sa ville natale. Jusqu'au terme du voyage, il fallut parler de ce compatriote, quoiqu'il fût aisé de voir que mon compagnon de

route le connaissait à peine plus que moi.
Mais il était parvenu à se rattacher indirectement ainsi à son cher pays et il ne lui
en fallait pas davantage.

Tout en songeant à ces choses, j'exami-
nais mon homme. Il était de petite taille
et faible de constitution, âgé de trente ans
au plus, avec des cheveux roux et des cils
si blancs qu'on les distinguait à peine. Ses
vêtements étaient noirs et d'une coupe légèrement surannée. Je ne sais pourquoi
j'eus l'idée que c'étaient ses habits de noce,
et il se trouva dans la suite que j'avais
deviné juste. Ses manières avaient cette
roideur dogmatique que donne le métier
de maître d'école et la nécessité de lutter
corps à corps avec des intelligences rétives.
Sur ce point aussi j'étais dans le vrai, comme
il résultait de son histoire, qu'il me narra
sans délai.

Originaire d'un État de l'Ouest, il avait
reçu une bonne éducation primaire, était
devenu maître d'école de Rémus et commis
du cadastre; enfin il avait épousé une de

ses élèves, fille d'un clergyman qui avait quelque fortune. Il s'était bientôt fait remarquer par un certain talent de parole et n'avait pas tardé à devenir un des membres les plus distingués de la *Debating Society* ou « parlotte » de Rémus. Entre autres questions qui agitaient alors cette aimable petite ville, celle de savoir « si la vie agricole est compatible avec la foi dans l'immortalité de l'âme » et « si la valse à trois temps est une danse réprouvée par la morale », lui fournirent l'occasion de se signaler à l'attention de ses contemporains.

— Peut-être avez-vous vu cet extrait de la *Sentinelle de Rémus*, dans le *Mémorial chrétien*, du 7 mai 1876?... Non!... Il faudra que je vous le procure... J'ai pris une part fort active à la dernière campagne électorale. Je ne devrais peut-être pas le dire aussi franchement, mais enfin il est universellement reconnu que Gashwiller me doit son succès.

— Gashwiller ???

— Oui, le général Pratt Gashwiller, membre du Congrès pour notre district...

— Ah !...

— Un homme de grand talent, monsieur, et qui ne saurait tarder de se faire une place considérable dans le Parlement...

Bref, mon homme était venu à Washington avec Gashwiller, et ma foi il ne voyait pas — ni Gashwiller non plus — pourquoi il n'obtiendrait pas cette récompense... (ici un petit rire en manière d'excuse) cette récompense que ses services politiques pouvaient avoir méritée...

— Vous avez sans doute en vue quelque fonction en particulier ?

— Non, pas précisément. Je m'en remets à Gashwiller. Gashwiller m'a dit en propres termes : « Laissez-moi faire. Je passe en revue les divers services de l'État, et je verrai ce qui convient le mieux à vos aptitudes... »

— Et en somme ?

— Eh bien ! il cherche, il examine... Du reste, je l'attends ici d'un moment à l'autre.

Il est justement allé au ministère de la
Ficelle Rouge, voir s'il n'y a rien à faire
dans cette direction... Ah! le voilà!...

Un homme de haute taille et d'une obé-
sité remarquable arrivait vers nous. Il était
lourd, épais, onctueux, assommant. On
voyait qu'il affectait la simplicité du « brave
campagnard », mais si grossièrement que
le plus humble paysan ne s'y serait pas
pris. Il y avait en lui de l'homme d'affaires
véreux, qu'un juge avisé n'aurait pas toléré
trois minutes à la barre, et du soldat dou-
teux qui est prédestiné à la cour martiale.

La présentation se fit dans les règles, et
j'appris ainsi que le nom du solliciteur était
Expectant Dobbs. Gashwiller se tourna vers
moi :

— Notre jeune ami que voilà est ici
pour attendre, — pour attendre le jour peu
éloigné, j'ose le dire, où l'État aura besoin
de lui...

Il enfla sa voix comme s'il s'adressait à
un meeting :

— ... Et qu'est-ce que la jeunesse, après

9

tout, sinon l'âge de l'attente, de la préparation, ah! ah!...

Il avançait la main avec un geste familier et paternel aussi peu sincère que tout
le reste de sa personne, et je ne savais qui
je devais mépriser le plus, de lui ou de sa
victime, qui prenait tout cela pour argent
comptant. Le pauvre diable articula pourtant :

— Il n'y a rien de fait encore?

— Non. Rien de *définitif*. Mais je puis
affirmer que nous avons pris une excellente
position pour pousser en avant, ah! ah!...
Seulement il faut savoir attendre, mon
jeune ami. Vous connaissez le mot du phi-
losophe : « Hâtez-vous lentement! » Ah!
ah!... C'est le vrai moyen d'arriver.

Il reprit en me regardant d'un air confidentiel :

— Ces jeunes gens sont d'une impatience!
Je viens justement de rencontrer mon vieil
ami et compagnon d'enfance, Jim Mac Gla-
cher, chef du bureau de la Vulgarisation
des Connaissances Inutiles, et *(baissant*

mystérieusement la voix) il est convenu que je le reverrai demain...

— En voiture, Messieurs! cria à ce moment le conducteur de l'omnibus du chemin de fer.

Il fallut m'arracher à la compagnie du brillant législateur et de son protégé. Comme nous partions, je pus voir le puissant Gashwiller en train de calmer les inquiétudes de M. Dobbs.

Mon absence dura une semaine. A mon retour, je vis encore ces deux messieurs causant dans le vestibule. Mais il y avait cette nuance que l'illustre Gashwiller semblait avoir hâte de se débarrasser de son ami.

— ... Obligé de me rendre à ma commission! Nous nous reverrons demain!... l'entendis-je bredouiller à la hâte.

Et pour la première fois je trouvai une expression sur la face mouchetée de taches de rousseur du pauvre Dobbs, — l'expression du désappointement.

— Eh bien, comment vont les affaires? lui demandai-je.

Sa fierté n'était pas abattue. Les affaires n'allaient pas mal. Seulement, telle était la confiance du Parlement pour les hautes capacités administratives de Gashwiller, que le pauvre général était accablé de travail et ne sortait plus des bureaux.

Je remarquai que les habits du solliciteur n'étaient pas aussi bien tenus que précédemment, et il me confia qu'il avait quitté l'hôtel pour un logement moins coûteux dans une petite rue voisine. Déménagement tout provisoire, cela va sans dire.

Quelques jours plus tard j'avais affaire dans un ministère. Je ne sais pourquoi ces établissements officiels, avec leurs portes soigneusement numérotées et étiquetées, me font toujours l'effet d'un de ces magasins généraux où l'on vend des marchandises de toute espèce. Ici vous pouvez vous procurer des pensions, des brevets, des patentes ; là des terres, des semences pour mettre en valeur, et des Indiens pour les mettre au pillage ; que sais-je encore ? Ce ne sont que sonnettes agitées, garçons

de bureau courant de toutes parts. C'est à
se croire dans une maison de commerce.

J'avais à parler au directeur en personne
de ce grand Bazar national et je m'ar-
rangeai pour entrer immédiatement chez
lui, en traversant dans l'antichambre la
foule hâve et morne des solliciteurs, et laissant vraisemblablement derrière moi une
bonne provision de jalousie et de réflexions
peu charitables. Comme je franchissais le
seuil du sanctuaire, j'entendis une voix
monotone qui dévidait son écheveau avec
un fort accent de l'Ouest. Gashwiller était
là.

— ... Cette nomination, je puis vous
l'affirmer, Monsieur le secrétaire d'État,
serait fort bien accueillie dans mon district.
La famille est riche, influente, et peut
nous assurer, pour les élections de novem-
bre, l'appui des arpenteurs et des juges
du comté. Ce n'est pas précisément à dé-
daigner. Quant à nos délégués du comité
central, tous, depuis le premier jusqu'au
dernier...

Ici M. Gashwiller s'aperçut, au regard distrait de son interlocuteur, qu'un tiers venait d'entrer, et il acheva sa phrase en se penchant à l'oreille du ministre avec une écœurante familiarité. Mais que ne ferait pas digérer à un homme d'État la nécessité de tenir sa majorité en bride?

— Vous avez des papiers relatifs à cette affaire, je suppose? demanda-t-il d'un air excédé.

Des papiers! Gashwiller en avait une poche pleine, qu'il s'empressa de vider. Le ministre les jeta parmi les autres dossiers sur son bureau, où ils perdirent instantanément leur identité et se confondirent dans la foule. De ce moment, on aurait pu les croire relatifs à tout, excepté à leur sujet propre. Il y avait là une si singulière salade d'intérêts! Dans un coin, une pétition signée par toute la délégation du Massachussets, la cour suprême en tête, demandait avec instance que les terres incultes de l'Iowa fussent fumées sans délai; elle était si drôlement tombée, qu'elle paraissait porter au coin de gauche l'apostille d'une réformatrice bien connue, — laquelle demandait simplement une pension pour des blessures reçues sur le champ de bataille.

— Cela me fait penser, reprit le ministre, que j'ai quelque part, sauf erreur, une lettre de quelqu'un de votre district, sollicitant je ne sais quelle place et se réclamant de vous. Est-ce sérieux ?

— Qui s'est permis de spéculer ainsi sur mon nom ? demanda aigrement l'honorable M. Gashwiller, en se levant.

— La lettre doit se trouver par là, dit le ministre en regardant vaguement sur son bureau.

Il remua quelques papiers, puis, épuisé par cette tentative, se renversa dans son fauteuil et jeta un regard navré vers la fenêtre. Peut-être espérait-il que la lettre s'était envolée par là.

— Ah ! j'y suis !... Cela venait d'un M. Globbs, — ou Gobbs, ou Dobbs, — de Rémus ! fit-il enfin après un prodigieux effort de mémoire.

— Bon ! cela n'a pas d'importance. C'est un benêt qui m'assomme ici depuis un mois !

— Dois-je considérer sa demande comme non avenue !

— Assurément, au moins en ce qui me concerne. Je dois même constater que cette nomination répondrait mal aux vœux du district et serait peut-être de nature à soulever une violente opposition...

Le ministre poussa un soupir de soulagement, et le brillant Gashwiller prit congé de lui.

Au moment où cet honorable gredin passa devant moi, je le regardai bien en face, mais il ne parut pas me reconnaître.

La question était de savoir si je devais dévoiler cette trahison à Dobbs. Le pauvre garçon était si joyeux quand je le revis, que je n'en eus pas le courage. Sa femme lui avait écrit. Elle s'était découvert un cousin au second degré dans la personne d'un sous-directeur au bureau des Enveloppes à mouiller, section de la Ficelle Rouge, et

n'avait pas hésité à s'adresser à lui. Dobbs
l'avait vu, lui avait arraché des promesses.

— Ses fonctions le mettent fréquemment
en rapports immédiats avec le secrétaire
d'État, m'expliqua-t-il avec des yeux bril-
lants. Il travaille souvent dans une pièce
contiguë au cabinet ministériel... Ah!
c'est un homme puissant! très puissant!...

J'ignore combien de mois cette situation se prolongea. Assez longtemps, en tout
cas, pour que les habits du pauvre Dobbs
devinssent absolument râpés, pour qu'il
renonçât à l'usage des manchettes, oubliât
de se faire la barbe ou de cirer ses souliers, et montrât des yeux caves au-dessus
de deux pommettes enflammées.

On le rencontrait dans tous les ministères, écrivant des pétitions ou faisant pa-
tiemment antichambre du matin au soir.
Son dogmatisme avait un peu baissé, mais
non pas sa fierté.

— Autant attendre ici qu'ailleurs, disait-
il. Cela me donne l'occasion de m'initier
aux détails de la vie officielle.

9.

Un beau jour, je reçus de lui un billet
par lequel il m'invitait à dîner à l'un des
meilleurs restaurants. Je n'étais pas encore
revenu de ma surprise, quand M. Dobbs
en personne vint me prendre à l'hôtel. Tout
d'abord j'eus quelque peine à le reconnaître
dans un costume neuf d'une coupe élégante,
qui ne dissimulait pourtant que très im-
parfaitement les angles de sa tournure vil-
lageoise. Il avait adopté, par la même occasion, des manières dégagées qu'il croyait
sans doute fort élégantes. Avec sa naïveté
ordinaire, il s'empressa d'ailleurs de me
donner l'explication de cette métamor-
phose.

— J'ai enfin découvert le moyen de réussir! me dit-il. Ces gros messieurs du cabinet me connaissaient seulement comme un
solliciteur, et c'est pourquoi ils me trai-
taient par-dessous la jambe. Je me suis dit
qu'il fallait me montrer sous un autre aspect, leur donner à dîner, me placer avec
eux sur un pied d'égalité... Tel que vous
me voyez (ici il reprit sa voix de pédago-

gue), j'ai eu hier soir à ma table deux ministres, deux juges et un général !...

— Ils ont accepté votre invitation ?

— Oh ! non !... vous pensez bien que je n'aurais jamais osé... Je n'ai fait que payer l'addition. C'est Tom Soufflit qui était censé donner le festin et qui avait invité ces messieurs. Il connaît le monde entier. Un de mes amis m'a ouvert les yeux en m'apprenant que Soufflit avait déjà obtenu par ce procédé je ne sais combien de nominations et d'aubaines... Vous comprenez la chose. Quand ces gros bonnets ont été mis en gaieté par le champagne, il leur dit sans avoir l'air d'y toucher : « Tiens, puisque j'y pense, il y a un tel, un charmant garçon, qui désire telle chose : vous seriez bien aimable de la lui accorder. » Et avant qu'ils aient seulement le temps d'y penser, il tire d'eux une promesse. Ce n'est pas plus malin. Donnant, donnant. Pour un bon dîner, une place.

— Mais d'où tirez-vous l'argent nécessaire ?

— Oh!... (il hésita un instant). J'ai
écrit chez nous, et le père de Fanny a
trouvé moyen d'emprunter quinze cents
dollars, qu'il m'a envoyés... On les in-
scrira au chapitre des fonds secrets!...

Il eut un petit rire bête et ajouta :

— ... Le pauvre vieux ne boit ni ne fume.
Vous pensez s'il ferait des yeux à voir où
passe son argent!... Mais je le lui rendrai
aussitôt que j'aurai ma place, et je l'aurai,
aussi sûr que deux et deux font quatre!...

Ces airs évaporés lui allaient à peu
près aussi bien que ses habits, et ce ton
familier était plus affligeant encore que sa
gaucherie d'autrefois.

— Enfin, avez-vous au moins tiré quelque résultat de ces dépenses? lui demandai-je.

— Pas encore. Mais le ministre de la
Ficelle Rouge et l'un des directeurs généraux m'ont adressé la parole. Le ministre a
même dit qu'il croyait avoir déjà vu mon nom
quelque part. C'est pardieu bien possible! (Il
eut un petit rire forcé.) Je lui ai écrit quinze
ou seize fois!...

Trois mois s'écoulèrent. Je me rendais dans un des États de l'Ouest, où j'étais attendu pour une lecture, quand une tempête de neige vint bloquer la voie ferrée à dix milles de ma destination. Et mon comité qui m'attendait en piétinant sur place ! Impossible de le rejoindre autrement qu'en traîneau.

Je tentai l'aventure. Malheureusement la route était longue et les obstacles nombreux. Nous n'étions pas à quatre milles, quand le cocher déclara que les chevaux en avaient assez et ne pouvaient pas aller plus loin. Promesses, menaces, tout fut inutile. Il n'y avait plus qu'à accepter le fait accompli.

— Où sommes-nous donc ? demandai-je.

— A Rémus, me fut-il répondu.

Rémus, Rémus, — où diable avais-je déjà entendu ce nom ? Nous venions de nous arrêter devant la porte d'une taverne d'assez pauvre apparence ; il était neuf heures du soir, et j'avais devant moi la perspective d'une triste soirée d'hiver. J'essayai d'obte nir un nouvel attelage ; puis, voyant qu'il n'y fallait pas songer, je me résignai à mon sort, j'allumai un cigare et m'assis devant le poêle chauffé au rouge.

Plusieurs hommes flânaient dans la salle de l'auberge. L'un d'eux vint à moi et m'offrit cordialement ses compliments de condoléance.

— Ce que vous avez de mieux à faire, c'est de passer la nuit à Rémus, ajouta-t-il. Cette auberge n'est peut-être pas la meilleure du monde. Mais il y a ici près un bon vieux, notre ancien prédicateur, qui pendant plus de vingt ans a reçu et logé gratis chez lui les voyageurs de votre sorte. Le pauvre homme a été riche et ne l'est plus ; il a vendu sa grande maison du carrefour des trois routes, et vit maintenant avec sa fille dans un petit cottage. Mais vous ne pourriez mieux faire que d'aller le voir. Il en sera ravi et m'en voudrait mortellement si je vous laissais quitter Rémus sans vous avertir... Voulez-vous que je vous conduise chez lui ?...

Je me laissai persuader, et je suivis mon homme jusqu'à un cottage voisin. La neige tombait toujours. À l'appel du marteau, la porte s'ouvrit, un vieillard de soixante-dix ans, à la physionomie douce et aux grands cheveux blancs, s'avança vers nous, et mon guide me planta là en criant :

— Eh ! le vieux, voici un conférencier arrêté par la neige que je vous amène !...

Sur cette présentation assez peu encourageante pour moi, je reçus l'accueil le plus sympathique. La franchise et la courtoisie de mon hôte eurent bientôt dissipé mon embarras. Je me laissai introduire dans un modeste petit salon et présenter à une jeune femme qui se leva à mon entrée.

Elle était assez jolie, mais visiblement fanée avant l'âge.

— Ma fille Fanny, dit le vieillard, et moi nous vivons ici dans un isolement absolu, et si vous saviez comme nous sommes heureux quand il nous arrive de voir chez nous un échappé du monde civilisé, vous ne prendriez pas la peine de vous excuser.

Tandis qu'il parlait, je cherchais à me rappeler où, quand et dans quelles circonstances j'avais déjà vu ce village, cette maison, ce vieux bonhomme et sa fille. Était-ce en rêve ? ou bien dans une de ces réminiscences de quelque existence antérieure auxquelles l'âme humaine est sujette ? Je regardais plus attentivement ces pauvres gens, et dans les rides prématurées qui se creusaient déjà autour des lèvres de la jeune femme, dans les plis qui se pressaient sur le front du vieillard, dans le tic tac de la vieille horloge, jusque dans l'étouffement de tous les bruits extérieurs par la neige qui tombait lentement, il me sembla que je lisais : « Patience, patience, — attente et espoir. »

Le bon vieux garnit une pipe et m'invita à remplir la mienne. Il reprit :

— Je suis un pauvre buveur, mais je n'en ai pas moins d'ordinaire quelque liqueur réconfortante à offrir à mes hôtes. Le malheur veut que je me trouve, justement aujourd'hui, tout à fait dénué.

Sur quoi, je me permis d'offrir ma gourde de voyage, qui fut acceptée après un instant d'hésitation.

Sous sa bénigne influence, on aurait dit bientôt qu'un poids de dix ans venait de tomber des épaules du pauvre homme, tant il se tenait droit sur sa chaise et devenait causeur.

— Et comment vont les affaires dans la capitale fédérale, monsieur? me demanda-t-il.

S'il y avait un sujet au monde qui me fût étranger, c'est assurément celui-là. Mais le bon vieux avait clairement envie de parler politique. Je pris donc le parti de déclarer vaguement, mais sans crainte de me tromper, qu'on n'y faisait pas grand'chose de bon.

— Je vous entends, je vous entends, reprit mon hôte. Sur la question des paiements en espèces et des droits mutuels de l'Union et des États, vous seriez d'avis qu'on suivît une ligne plus strictement conservatrice, au moins jusqu'à ce que le comité électoral ait exprimé son verdict?...

Je me tournai vers la dame pour implorer son aide, tout en articulant lâchement qu'on ne pouvait mieux résumer ma pensée. Le bonhomme vit la direction de mon regard, et reprit :

— Mon gendre occupe un emploi fédéral à Washington. Mais il est si occupé qu'il lui est bien difficile d'entrer dans les détails, quand il nous donne de ses nouvelles... Pardon, monsieur, n'avez-vous pas parlé?

J'avais seulement poussé une exclamation presque inconsciente. Le voile venait de se déchirer. Tout s'expliquait!... J'étais à Rémus, chez Expectant Dobbs, en présence de sa femme et de son beau-père !... Le dîner fin de Washington, hélas? c'était du sang le plus pur de cette pauvre créature qui l'avait payé, c'était sur les épaules de ce pauvre vieux père, de cette chancelante cariatide, qu'il pesait de tout son poids !

— Savez-vous quel est son emploi?

— Je ne saurais le dire positivement. Il s'agit d'une surveillance, je crois. M. Gash-

willer m'a assuré que c'était une position
de première classe, — oui, ma foi, de *pre-*
mière classe.

Je ne jugeai pas à propos de révéler à ces
braves gens que, dans le système officiel de
Washington, l'habitude s'est introduite de
compter d'arrière en avant.

— C'est sans doute à ce M. Gashwiller,
repris-je.

La petite femme m'interrompit en bondis-
sant sur ses pieds.

— Ne prononcez pas ce nom, je vous en
prie! fit-elle avec passion. Il n'a jamais
valu à Expectant que désappointement et
chagrin... Oh! cet homme!... je le hais, je
le méprise!...

— Fanny, ma fille, remontra doucement
le vieillard, montrez-vous plus résignée et
plus juste. M. Gashwiller est un homme de
grand mérite. Mais il est accablé de besogne,
son temps est pris par des questions de la
plus haute importance.

— Son temps n'était pas pris quand il
avait besoin d'Expectant, répliqua la

colombe blessée, avec toute la méchanceté
dont elle était capable.

C'était pourtant bien quelque chose que
Dobbs eût enfin obtenu une place, si modeste qu'elle fût et d'où qu'elle lui vînt.
En me couchant ce soir-là dans la chambre nuptiale, j'éprouvai une véritable
satisfaction à me dire que le pauvre
diable avait enfin franchi le pas le plus
difficile. Les murs étaient couverts de souvenirs des jours heureux qui avaient pré-
cédé le mariage. Il y avait un portrait de
Dobbs à l'âge de vingt-cinq ans ; il y
avait un bouquet sous verre présenté à
Fanny par Dobbs un jour de triomphe
académique ; il y avait un vote de remer-
ciements à Dobbs signé de toute la *Debating
Society* de Rémus, et un certificat d'élec-
tion de Dobbs comme président de
l'Association philomatique ; et sa commission de capitaine au contingent indépen-
dant de la garde territoriale de Rémus, et
un diplôme de franc-maçon où Dobbs était
désigné avec des titres aussi pompeux et

aussi sonores que ceux du plus grand roi de la terre.

Toutes ces gloires à bon marché d'une vie mesquine et d'un cerveau étroit avaient leur côté ridicule; mais elles étaient relevées et consacrées pour ainsi dire par la prêtresse fidèle qui faisait ses dévotions à cet autel domestique et qui, dans le deuil, le doute ou le désespoir entretenait toujours l'huile de la lampe.

Cependant la tempête faisait rage au dehors et secouait contre la fenêtre ses poings chargés de neige. Par moments un tourbillon de vent se glissait jusque dans la chambre. Une couronne de laurier laissa tomber à terre ses feuilles desséchées. Fanny l'avait placée sur la tête de Dobbs, après son fameux discours d'anniversaire à l'occasion de la fête d'Indépendance, dans la grande salle de l'école, le 4 juillet 1876.

Couché dans le lit de Dobbs, je me demandais ce que pouvait bien être cet emploi de première classe.

Je le sus l'été suivant. Je traversais la longue galerie d'un ministère, quand je me heurtai assez maladroitement à un homme qui portait sur ses épaules un véritable joug, et, suspendus à ce joug, deux sceaux pleins de glace à rafraîchir les cruches des bureaux.

C'était Dobbs !

Il ne déposa pas son fardeau : — le règlement l'interdisait — il se mit à causer gaiement, disant qu'il n'en était encore qu'au premier échelon, mais qu'il .comptait bien monter plus haut. La réforme des services civils était inévitable. Il ne pouvait manquer d'avoir de l'avancement.

— Est-ce par Gashwiller que vous avez obtenu cet emploi ?

— Non, certes. Je crois plutôt que c'est par vous. N'aviez-vous pas raconté mon histoire au sous-secrétaire Blank, qui l'a répétée au directeur Dasle ? Ce sont de braves gens qui n'ont pu faire mieux pour le présent... Après tout, j'ai le pied à l'étrier, comme on dit. Mais il faut que je me sauve.

Je le suivis dans les escaliers en lui
contant, en couleurs de rose, ma visite à
Rémus, l'impression que m'avaient laissée sa
femme et son beau-père ; je lui promis de
venir le voir à ma première visite à Washington ; puis enfin je le laissai sous le
joug qu'il s'était imposé.

La réforme des services civils ne manqua
pas d'arriver avec la nouvelle administra-
tion. Elle vint, violente, mal dirigée comme
sont toujours les réformes subites, cruelle
à l'individu comme sont toutes les réformes.
Au premier rang des têtes mâles et femelles
que de longs services dans la routine officielle avaient rendues incapables d'un autre
travail, et qui n'en tombèrent pas moins
sous la hache révolutionnaire, celle d'Expectant Dobbs, cette tête folle, faible et
émaciée, fut désignée pour le fatal billot.

Comme on le sut plus tard, l'illustre
Gashwiller avait personnellement fait distri-
buer plus de vingt emplois, et il suffit de
son nom, retrouvé dans une des pétitions
du pauvre Dobbs, pour le faire condamner

sans pitié, attendu que Gashwiller était
maintenant dans l'opposition. La morale
publique fit donc un exemple en sa personne.

Dès lors, il disparut. En vain je le cherchai dans les antichambres, couloirs et
galeries. Je conclus qu'il était revenu chez
lui.

Par un beau matin de juillet, j'arrivais
de Baltimore à Washington. Le soleil bai-
gnait tendrement la façade orientale du
Capitole, tandis que tout le reste de l'édifice reposait encore dans un calme plein de
majesté. Comment se figurer à cette heure
qu'un Gashwiller pût jamais se glisser sous
cette splendide colonnade, ou ramper sous
ce merveilleux portique, sans que la sta-
tue du fronton, indignée de tant d'audace,
se précipitât, l'épée à la main sur l'intrus
et châtiât son indiscrétion ? Et comment
comprendre que des mains parricides
eussent jamais osé s'élever contre la Mère
commune, drapée là dans la chaste blancheur de sa robe, dans la noble tranquillité

de sa force, dans l'amour des enfants de
marbre qu'elle groupe autour d'elle?

J'étais loin de penser à Dobbs, quand
une physionomie entrevue au passage de
mon fiacre me frappa tout à coup. Je
criai au cocher d'arrêter, et je reconnus,
indécise et désolée au coin de la rue, la
pauvre mistress Dobbs. Que faisait-elle là?
où était donc Expectant?

Elle balbutia quelques mots sans suite
et finit par éclater en larmes. Je l'obligeai
à prendre place dans ma voiture.

Là seulement, au milieu de ses sanglots,
elle me conta qu'Expectant n'était jamais
rentré au bercail, mais qu'elle avait reçu
d'un tiers une lettre disant qu'il était très
malade, — malade à la mort. Son père
ne pouvait pas venir. Elle était donc partie
seule, elle se sentait si épouvantée, si
abandonnée, si misérable...

— Avez-vous du moins son adresse?

— Oui, la voici.

C'était dans la banlieue de Washington,
près de Georgetown. Je m'empressai de

dire à la pauvre femme que j'allais l'y conduire. Comme nous partions, je voulus essayer de la distraire en lui faisant remarquer les enfants de la grande Mère commune : mais elle ne les regarda même pas, et ne put que murmurer :

— Oh! ces cruelles, ces affreuses distances !

Nous arrivâmes. Un quartier de nègres, mais propre et bien tenu. Je vis la pauvre femme trembler comme une feuille quand la voiture s'arrêta devant cette maison de torchis, au milieu d'une bande de négrillons déguenillés. Une mulâtresse s'avança sur le seuil.

Oui, c'était bien là. Il était en haut, en assez piteux état, et dormant, croyait-elle.

Nous le trouvâmes au premier étage, gisant sur un grabat. Sur une table de sapin, auprès de lui, s'entassaient des lettres et des mémoires pour les divers ministères. Sur son couvre-pied, une pétition inachevée avait échappé à ses doigts fatigués.

En entendant des pas, il se souleva sur son coude.

— Fanny ! s'écria-t-il.

Une ombre de désappointement se répandit sur son visage.

— ... Je croyais que c'était la réponse du secrétaire d'État, ajouta-t-il en manière d'excuse.

La pauvre femme avait trop souffert déjà pour ne pas savoir supporter ce dernier coup. Elle s'approcha doucement du lit, sans une larme, sans un mot de reproche, s'agenouilla et entoura de ses bras son mari. Je les laissai.

Le soir, quand je revins, il allait mieux. Si bien que, contrairement à la défense du docteur, il bavarda presque gaiement pendant une heure.

Puis il pencha sa tête sur ses deux mains et resta songeur. Quand il la releva :

— Savez-vous, chérie, dit-il à sa femme, qu'en cherchant de l'appui et des protecteurs, j'ai oublié le plus puissant de tous, celui qui gouverne les rois et les ministres ?..

Je crois qu'il est temps de lui demander de s'intéresser à moi... S'il n'est pas trop tard, je songerai demain à lui réclamer une audience...

Le lendemain n'était pas arrivé qu'il l'avait eue, son audience !... Puisse-t-il du moins avoir cette fois obtenu une bonne place !

MELON

Le plus bienveillant des lecteurs se refu-
serait à croire qu il se soit jamais trouvé
un parrain et une marraine pour assumer
la responsabilité d'un tel prénom. Je dirai
donc tout simplement que « Melon » servait à
désigner un petit garçon de mes amis.

Avait-il un autre nom ? Je ne l'ai jamais
su, et toutes mes théories sur l'origine de
cette appellation bizarre appartiennent au
domaine de la pure hypothèse. Il est certain, notamment, que son crâne, couvert
d'un duvet fin et transparent comme celui
des très jeunes poussins, pouvait aux yeux
des gens d'imagination n'être pas sans ana-

10.

logie avec le succulent cucurbitacé qu'on
appelle un melon ; ou bien les parents de ce
gamin, attribuant avec les races de l'Orient
un sens mystique aux influences des fruits
de la terre, pouvaient avoir trouvé piquant
de désigner ainsi un enfant du mois d'août.
Il est possible aussi qu'il eût, dès ses premières années, manifesté un goût marqué
pour le melon. Version d'autant plus vrai-
semblable, au surplus, que si la fantaisie
avait disparu de la terre, elle ne se serait
assurément pas réfugiée dans Mac Ginnis
Court.

Quoi qu'il en soit, c'est sous le nom de
Melon que ce personnage me fut révélé.
Son existence parallèle à la mienne m'était
fréquemment affirmée par des cris juvéniles
et tantôt joyeux, tantôt menaçants, comme :

— Eh ! Melon !

— Hi ! Melon !

ou :

— Attends un peu, Melon !

Mac Ginnis Court était le nom démocra-
tique d'un terrain qu'un propriétaire très

radical ou simplement très obstiné per-
sistait à maintenir dans un état de dilapi-
dation lamentable à la limite de deux quartiers élégants. Protestation contre le flot
montant du luxe qui s'affirmait chez les
naturels du pays par un profond dédain
des lois de la grammaire.

J'occupais sur les derrières d'une maison
voisine une petite chambre au rez-de-chaussée, et c'est de Mac Ginnis Court que ma
fenêtre recevait l'ombre et la lumière.
L'appui de cette fenêtre était même si bas
que si j'avais eu la moindre prédisposition
au somnambulisme, la maladie n'aurait pu
manquer de se manifester et l'on m'aurait
vu la nuit hanter le terrain d'alentour.

Quant à mes suppositions sur les raisons
d'être de Mac Ginnis Court, elles n'étaient
pas absolument gratuites, car il me fut
donné un jour de voir le passé par cette
fenêtre, comme à travers un verre fumé. Il
se présentait ce matin-là sous les espèces
d'une silhouette irlandaise interposée entre
le jour et moi. Cette silhouette était celle

d'un individu en possession d'une jaquette à pois, d'une pipe très courte et d'une barbe de huit jours.

Elle contemplait mélancoliquement la cour, appuyée sur une grosse canne, à peu près à la façon des héros de mélodrame en visite sur le théâtre des exploits de leur enfance.

Étant donné que la cour ne présentait aucun intérêt architectural, je ne pouvais arriver qu'à une conclusion : c'est que j'avais devant moi, en chair et en os, Mac Ginnis lui-même, venu pour donner un coup d'œil à son terrain. Opinion qu'un fait assez futile en apparence vint bientôt confirmer : je le vis pousser du pied hors du domaine un tesson de bouteille qui en déshonorait la surface. Un propriétaire seul pouvait avoir cette attention.

Du reste, Mac-Ginnis s'en alla et la cour ne le revit plus. Sans doute il faisait toucher ses loyers par procuration, si tant il y a qu'il les touchât jamais.

A part Melon, — ce qui précède est simplement destiné à présenter ce personnage

au lecteur, — l'imagination la plus romanesque et la plus complaisante aurait
trouvé peu de sujets d'intérêt dans cet enclos.
Selon l'usage de ces sortes de terrains, il s'y
faisait beaucoup de travaux de blanchis-
sage, — beaucoup tout au moins eu égard
aux résultats appréciables de ces efforts. Il
y avait toujours quelque chose en train de
sécher sur une corde qui coupait en diago-
nale l'aire de la cour, et plus encore de
choses traînant à terre qui auraient dû se
trouver sur la corde.

Un géranium, — de tous les végétaux
cultivés pour le plaisir du genre humain le
plus décevant sans doute, — rampait sous
ma fenêtre. C'est entre ses feuilles poussié-
reuses que je vis pour la première fois Melon.

Il pouvait avoir sept ans, mais paraissait
plus âgé par suite de la blancheur vénérable
de sa tête. Quant à sa taille, il était impossible de l'apprécier avec quelque exactitude
par la raison qu'il portait des vêtements
coupés selon toute apparence pour un grand
garçon de dix-neuf ans. Son costume habi-

tuel consistait en un pantalon soutenu par
une bretelle unique, et qui lui venant
jusqu'au menton suffisait largement à l'habiller de pied en cap.

Comment, avec un pareil superflu dans
son équipement, il parvenait à exécuter des
tours de force gymnastiques qu'il m'était
donné de contempler, — c'est ce que je ne
me charge pas de dire. Mais, soit qu'il voulût « faire le crabe » ou essayer toute autre
dislocation de moindre importance, — son
succès était toujours complet. A quelque
heure du jour que ce fût, il n'y avait pas
lieu de s'étonner si l'on voyait Melon accroché au bout d'une corde, ou si sa vénérable
tête se montrait sur les toits du voisi-
nage.

Il connaissait la hauteur exacte de tous
les murs des alentours, les facilités qu'ils
offraient à l'escalade et les chances qu'il
pouvait y avoir de ne pas se faire pincer en
la tentant. Le plus innocent et le moins
bruyant de ses plaisirs consistait à traîner
au bout d'une longue corde un vieux chau-

dron hors de service, en poussant des cris
assourdissants et se plaisant à croire qu'il
courait au secours d'un incendie d'ailleurs
imaginaire.

Melon semblait être d'un naturel peu
sociable. Quelques jeunes gens de son
âge le visitaient parfois, mais la bonne intelligence ne durait pas et l'arrivée de ces
messieurs avait plus ordinairement pour but
une incursion rapide à la recherche des
vieilles bouteilles et des débris de tout genre
qui foisonnaient dans Mac-Ginnis Court.

Un jour, accablé de son isolement, Melon
attira dans le terrain un vieux joueur de
harpe aveugle. Deux heures durant le pauvre diable s'entêta à exécuter sans résultat
ses meilleurs morceaux, en tournant autour
de la cour qu'il prenait sans doute pour
quelque autre place. Cependant Melon, paisiblement assis sur la crête d'un mur voisin
le regardait faire avec une satisfaction sans
mélange.

Ce défaut évident de mobiles conscien-
cieux dans la direction de sa vie morale

ne pouvait manquer de mettre Melon en mauvaise odeur parmi ses aristocratiques voisins. Il était universellement admis et promulgué qu'aucun enfant de famille riche ou respectable ne devait jouer avec lui.

Inutile d'ajouter que cette excommunication l'avait aussitôt investi d'un intérêt romanesque. Des œillades langoureuses lui étaient jetées de plus d'une fenêtre ; des doigts d'enfants lui adressaient des signes maçonniques ; des invitations à prendre le thé dans un ménage de bois ou de ferblanc lui arrivaient à travers les barreaux des arrière-cours les plus aristocratiques. Évidemment, Melon était considéré par ces âmes naïves comme un être noble et pur, affranchi des préjugés mondains et descendu d'une sphère supérieure.

Un jour, une émotion extraordinaire se manifesta aux environs de Mac-Ginnis-Court.

Ouvrant ma fenêtre, je vis Melon perché sur le toit d'une écurie, et en train de tirer à lui une longue corde. A cette corde était suspendu au milieu des airs, le jeune « Tommy », le précieux rejeton d'une grande maison adjacente.

Vainement toutes les fractions féminines de la famille de Tommy, assemblées dans l'arrière-cour, adressaient à Melon leurs remontrances les plus désespérées. Vainement l'infortuné père le menaçait du poing.

Fort de sa position inexpugnable, Melon redoublait d'efforts et réussit enfin à hisser Tommy sur le toit. Et alors éclata l'humiliante évidence d'un accord complet entre les deux scélérats. Tommy poussa des cris de joie et montra à sa famille une physionomie triomphante, comme s'il eût été fier de « s'être élevé par son propre mérite à ce poste éminent ». Bien avant l'arrivée de l'échelle qui devait le délivrer, il avait eu le temps d'échanger avec Melon des serments éternels, et il poussa même l'audace jusqu'à traiter avec dérision la famille éplorée qui l'attendait en bas.

Il fut repris enfin, et il va sans dire que Melon trouva le moyen de s'échapper.

11

A dater de ce jour, Tommy fut condamné à ne plus voir son complice que par la fenêtre, et leurs relations se trouvèrent réduites à un échange de « Hi ! Melon ! » et de « Ah ! ah ! Tommy ! »

Au point de vue pratique, ils étaient perdus l'un pour l'autre, et à jamais. Je dois constater ici que je cherchai en vain quelque signe de deuil sur la face de Melon. Si tant il y a qu'il eût du chagrin, ce chagrin s'était égaré quelque part dans ses immenses vêtements.

A peu près vers ce temps, j'eus l'occasion de pénétrer plus intimement dans la vie de Melon. J'étais en train de remplir un vide dans la littérature du Pacifique. Ce vide se trouvait être considérable, et j'avais lieu de croire que le public en souffrait cruellement. Aussi avais-je assigné deux heures par jour à la tâche de le combler, que je m'étais imposée. Un système de travail méthodique étant indispensable, je m'isolais du monde et m'enfermais tous les jours dans ma chambre en rentrant du bureau de mon journal. J'ouvrais alors mon buvard, et je relisais avec soin ce que j'avais écrit la veille, examen qui ne manquait guère de suggérer la nécessité de quelques corrections.

Je recopiais donc mon manuscrit. Au cours de cette opération, il m'arrivait d'avoir à consulter un dictionnaire ou tout autre livre de référence, et ce livre se trouvait en général extrêmement curieux et attachant. Il était rare qu'il ne résultât pas de cette lecture des lueurs nouvelles sur une meilleure méthode de traiter mon sujet ; je l'adoptais et je commençais à l'appliquer, pour ne pas tarder à revenir à ma première idée.

A cette phase, l'opinion se faisait jour dans mon esprit de l'absolue nécessité d'un cigare pour réparer mes forces intellectuelles. Un cigare ne s'allume pas sans faire naître la pensée qu'un intervalle de calme méditation peut être utile, et j'ai toujours été porté à écouter sur ce point la voix de la prudence.

C'est alors, tandis que je rêvais auprès

de ma fenêtre ouverte, que Melon se montrait habituellement. Notre conversation n'allait guère au delà d'un : « Hello ! monsieur ! » et d'un « Bonjour, Melon ; » mais l'instinct de vagabondage qui nous travaillait tous deux créait entre nous une communion plus intime que celle d'aucun échange direct d'idées. Le temps s'écoulait dans cette flânerie à deux, — non sans des intermèdes gymnastiques exécutés par Melon sur les murs ou sur la corde (toujours en guignant ma fenêtre). L'heure du dîner arrivait, et je m'apercevais d'un autre vide plus réel et qui méritait toute mon attention.

Un incident mémorable nous mit en rapports plus directs. J'avais reçu d'un marin de mes amis, à son retour d'un voyage aux pays tropicaux, un magnifique régime de bananes. Les bananes n'étaient pas tout à fait mûres, et je les avais suspendues à une fenêtre pour les exposer au soleil de Mac-Ginnis-Court, qui valait une serre.

Il y avait dans les vagues senteurs de navire et de terre chaude que ces fruits

exhalaient je ne sais quel mystérieux pouvoir qui m'emportait en imagination vers
les latitudes les plus basses. Mais il était
écrit que cette joie, avec tant d'autres, serait fugitive et trompeuse. Les bananes
n'arrivèrent jamais à maturité.

Un jour, en rentrant chez moi, comme je
tournais le coin de l'un des quartiers à la
mode ci-dessus spécifiés, je tombai sur un
petit garçon qui mangeait une banane.

Rien d'extraordinaire dans ce fait.

Mais en approchant de Mac-Ginnis-Court,
j'aperçus un second petit garçon, également en train de manger une banane.

Enfin, un troisième petit garçon, engagé
dans une opération pareille, se dressa devant moi avec tous les caractères d'une dou-
loureuse coïncidence.

Le lecteur psychologue imaginera aisément la corrélation qui s'imposa aussitôt à
moi entre ces circonstances.

Je me sentis envahi par de pénibles
pressentiments, qui n'étaient, hélas! que
trop justifiés!

En ouvrant ma porte, je pus constater que mes bananes avaient disparu.

Un seul être au monde en connaissait l'existence, — fréquentait ma fenêtre, — était capable de l'effort gymnastique nécessaire pour l'atteindre. Cet être, je rougis de le dire, c'était Melon. Melon le déprédateur, Melon que des garçons plus âgés avaient sans doute dépouillé de ses richesses mal acquises, ou qui les avait follement dissipées avec la prodigalité ordinaire à ses pareils, Melon, maintenant fugitif et proscrit sur quelque toit voisin.

J'allumai un cigare, et, poussant mon fauteuil auprès de la fenêtre, je cherchai dans la contemplation du géranium un adoucissement à mes peines.

Bientôt quelque chose de blanchâtre se montra au niveau de mon rayon visuel.

Il n'y avait pas à se méprendre à cette tête chenue, désormais le symbole de l'iniquité précoce; c'était celle de Melon, jeune, vénérable et répugnante image de l'hypocrisie la plus hideuse.

Il feignit de ne pas me voir, et se serait sans doute éclipsé sans bruit, si cette horrible fascination qui attire le meurtrier sur le théâtre de son crime ne l'avait invinciblement poussé vers ma fenêtre.

Je fumais avec calme et je le regardai sans mot dire.

Il se mit à aller et venir dans le terrain avec une démarche aussi assurée qu'il put la prendre et dans l'œil une expression à demi belligérante qui avait évidemment pour but de représenter l'insouciance d'une conscience pure.

A deux ou trois reprises il s'arrêta et, plongeant ses bras jusqu'au fond des poches de son immense pantalon, parut se délecter à en constater la largeur. Puis il se mit à siffler. La romance de John Brown commençait alors à accaparer la faveur de la jeunesse américaine, et la manière dont Melon modulait cette mélodie était ordinairement remarquable. Mais, cette fois, il sifflait faux et aigre, entre ses dents.

Enfin ses yeux rencontrèrent les miens.

Il eut un léger sursaut, mais se remit promptement, et s'approchant de la barrière, se dressa sur ses mains, la tête en bas et ses pieds nus s'agitant dans les airs.

Après quoi, il se tourna vers moi, et amorça la conversation par une observation préliminaire.

— Il y a un cirque, dit-il gravement, là-bas, de ce côté... (Il indiquait l'endroit du bout du pied, en s'appuyant contre la barrière et tordant ses bras derrière lui.) Un cirque avec des chevaux et des écuyers... Il y a un homme qui monte six chevaux à la fois... six chevaux... et sans selle !...

Il s'arrêta, parut attendre une réplique.

Mais ces nouveautés équestres me laissèrent froid. Je tins mon regard fixé sur Melon, qui commença visiblement à trembler dans son vaste vêtement. Il sentit le besoin de créer une diversion et reprit artificieusement :

— Connaissez-vous Carotte?

J'avais bien une vague idée d'un garçon de ce nom, avec des cheveux rouges, qui était un des camarades et persécuteurs habituels de Melon. Mais je n'en dis rien.

— Carotte est un mauvais garçon, reprit-il. Une fois, il a tué un policeman... Il porte un couteau dans ses souliers... Je l'ai vu ce matin qui regardait votre fenêtre...

C'en était trop. Il fallait mettre un terme à cette scène scandaleuse. Je me levai, et m'adressant à Melon du ton d'un président d'assises qui prononce la sentence :

— Melon, m'écriai-je, tout cela est étranger à la question. C'est *vous* qui avez pris mes bananes. Votre allégation concernant Carotte, même en l'acceptant comme un renseignement exact, ne change rien à la cause. C'est *vous* qui avez pris mes bananes. Délit suffisant pour entraîner la peine capitale, aux termes du statut de Californie. Jusqu'à quel point Carotte a été votre complice avant ou après l'opération délictueuse, cela importe peu. L'acte coupable est complet en lui-même. Et votre attitude montre suffisamment combien il a été prémédité...

11.

Je n'étais pas au bout de cet exorde, que Melon avait disparu, comme je m'y attendais bien.

Je ne l'ai jamais revu. Les remords que j'ai parfois éprouvés de la part directe que j'ai pu avoir dans cette éclipse totale, il ne les connaîtra jamais sans doute, sinon par ces pages. J'ignore ce qu'il est devenu. S'embarqua-t-il comme mousse pour les pays les plus lointains, et reviendra-t-il quelque jour avec une barbe blanche? S'ensevelit-il définitivement dans son pantalon, pour ne plus reparaître? Je ne l'ai jamais su.

Et pourtant que de colonnes de journal j'ai parcourues pour voir s'il n'y était pas question de lui! Que de fois me suis-je présenté au bureau central de police dans le vain espoir de le reconnaître parmi les enfants perdus!

L'idée m'est souvent venue que peut-être il devait à une sénilité réelle cette physionomie vénérable qui le signalait à l'attention, et qu'il pouvait bien avoir paisiblement

quitté ce monde pour rejoindre les mânes
de ses ancêtres. A d'autres moments, j'ai
des doutes sur son existence même, et il
m'est arrivé de penser que son unique raison
d'être a été de venir providentiellement
remplir le vide que je signalais plus haut
dans la littérature de mon pays. Quoi qu'il
en soit, voilà mes pages écrites.

UNE NUIT EN WAGON-LIT

C'était dans un wagon Pullman, sur une
ligne de l'Ouest. Après ce premier plongeon
dans l'inconscience, que le voyageur fatigué
commence par faire en se jetant sur son
matelas, je m'éveillai pour reconnaître avec
épouvante que j'avais dormi pendant deux
heures à peine. Toute une longue nuit d'hiver fixait sur moi son regard cave.

Impossible de dormir. Je restais là, étendu
sur le dos, et musant sur une infinité de
choses, me demandant, par exemple, pourquoi les couvertures d'un wagon Pullman
ne ressemblent à aucune autre couver-

ture connue ; pourquoi on les dirait taillées en petits carrés égaux dans un gâteau de sarrasin ; pourquoi elles se collent à votre corps quand vous vous retournez et pèsent lourdement sur vous sans vous tenir chaud ; pourquoi les rideaux de votre lit n'ont pas été faits simplement opaques sans être de cette épaisseur suffocante ; pourquoi coucher tout éveillé dans un wagon-lit, quand il serait si simple de dormir assis dans un wagon ordinaire.

Il est juste de dire que les ronflements de mes compagnons de voyage répondaient à cette question de la façon la plus péremptoire.

Le dîner de la veille pesait sur mon estomac aussi lourdement que les couvertures. C'est ce qui m'amena sans doute à me demander pourquoi, sur toute l'étendue du nouveau continent, on ne saurait découvrir un seul plat local ; pourquoi la carte de tous les restaurants et de tous les hôtels est invariablement la même, — une pâle copie des menus de la métropole ; pourquoi

les plats qui y figurent sont-ils éternelle-
ment identiques et ne diffèrent que par le
degré d'incapacité de leurs auteurs ; pourquoi un Américain en voyage est-il à jamais
voué au dindon et à la sauce froide de
canneberges ; pourquoi la jolie fille qui nous
servait à table mêlait-elle ses assiettes comme
si c'étaient autant de cartes à jouer et les
passait-elle en éventail par-dessus votre
épaule ; pourquoi, après avoir accompli ce
véritable tour de force, battait-elle en retraite
pour aller s'accoter au mur et vous regar-
dait-elle dédaigneusement comme pour
dire :

— Mon beau monsieur, sans être une
dame, j'ai ma fierté. Si vous vous imaginez
que je permets les familiarités, vous vous
trompez fort !

Sur quoi, je commençai à songer avec
terreur au déjeuner prochain, à m'étonner
que le jambon des buffets fût toujours coupé
épais d'un demi-pouce et que les œufs sur
le plat eussent toujours l'air d'une paire
d'yeux de verre, qui fixeraient sur vous un

regard diabolique en vous promettant une attaque de gastralgie.

Autre chose : pourquoi les gâteaux de sarrasin, qui ne sauraient être mangés sans un certain degré de préparation artistique et de préméditation, sont-ils toujours servis une minute avant le départ du train?

Ici, je me rappelai tout à coup, comme si je le voyais, un voyageur qui avait trouvé la solution du problème. C'était au buffet de je ne sais quelle station dans l'Illinois. A l'appel de la cloche, il se dressa sur ses pieds dans un transport frénétique, roula dans un mouchoir rouge à carreaux sa portion du gâteau national, l'emporta dans le wagon des fumeurs, et là le dégusta tout à son aise tandis que le train roulait.

Rêvant ainsi les yeux ouverts, je ne pouvais m'empêcher de recueillir certaines observations qui échappent fatalement au voyageur de jour.

Et d'abord, je fus frappé de ce fait que la vitesse d'un train n'est pas uniforme. Par instants, la locomotive a l'air de presser le pas et semble dire aux voitures qui la suivent :

— Voyons, voyons, cela ne peut aller ainsi !... Il est déjà deux heures et demie. Comment diable voulez-vous arriver à l'heure?... Ne me parlez pas, vous dis-je !... Pooh !... Pooh !

Tout cela détaillé sur ce rythme machinal que revêt nécessairement la pensée dans un train en marche. Exemple : un soir, en voyage, j'avais relevé le store de la fenêtre pour contempler le paysage de neige que nous traversions sous la lumière de la lune ; comme je rabattais le rideau, voilà qu'une vieille chanson populaire me vient en mémoire. Erreur fatale ! Le train s'en empara sans délai, et toute la nuit je fus poursuivi par cet inepte refrain :

— Rabats le store !... Rabats le store !... Quelqu'un fait *Klink klink !*... Ah ! ne sois pas *shoo shoo !...*

Naturellement, ce n'est pas le même sur les diverses lignes de chemin de fer. Sur le *New-York-Central,* où la voie est parfaite-

ment unie, j'ai entendu un train plein
d'irrévérence modifier comme suit certain
hymne de jubilé :

— Tenez bon, car je suis Sankey !...
Moody peut encore lancer la fronde[1] !...
Brandissez les épées !... Klinky, Klinky,
Klanky, Klink !

Sur la ligne de New-York à Newhaven,
où les aiguilles sont nombreuses et où la
machine siffle à chaque instant en arrivant
sur des passages à niveau, j'ai souvent entendu :

— Tommy, faites place à ce sabot !... Encore
un petit cri... *Bumpity, bumpity, boopy !*...
Cliquetis, cliquetis, clang !...

La poésie même n'est pas épargnée. Par
une nuit étoilée, sur la ligne de Québec,
en traversant une forêt vierge, les premiers
vers d'*Évangéline* me revinrent en mémoire. Or voici tout ce que je pus en tirer :

1. Moody et Sankey sont des chanteurs d'hymnes qui
opéraient à ce moment aux États-Unis et jusqu'en Grande-
Bretagne des tournées fort productives.

(Note du Traducteur.)

— C'est la forêt primitive, tive, tive !...
Bouquets de sapins, buissons de ciguë,
guë, guë, gu-u-uë !

C'était le frein qui grondait ainsi en se
tendant à se rompre. D'où l'incohérence du
mètre.

Il y a un chant particulier, éolien, qui
court tout au long du train quand il s'ar-
rête après un longue course. C'est comme
un soupir de soulagement infini, un soupir
musical qui commence en *mi* pour finir
en *la*, et que tous les voyageurs peuvent
avoir remarqué, de nuit ou de jour. Jamais
employé de chemin de fer n'a pu m'en
donner une explication suffisante. Un in-
génieur de mes amis prétend bien que ce
phénomène a pour cause le retour graduel
de tous les wagons à l'état d'inertie et d'a-
plomb sur leurs essieux, hors desquels ils
ont une tendance à se projeter en courant
la poste. Mais c'est là une théorie que toute
âme poétique repoussera avec dédain.

Quatre heures. — Du cabinet de toilette,
au bout du wagon, arrive un faible bruit

de brosses à souliers discrètement maniées par le garçon.

Je pourrais lui adresser la parole. Mais je me rappelle à propos que toute tentative de ce genre auprès d'un garçon ou d'un surveillant de chemin de fer est repoussée avec une indignation mal contenue comme une attaque à la fidélité qu'il doit à la Compagnie. Il m'est arrivé de vouloir faire comprendre à un surveillant qu'il est purement insensé d'inspecter les billets à minuit. Je n'ai réussi qu'à me faire prendre pour un aliéné en rupture de traitement.

Il n'y a pas à dire : pas le moindre espoir d'échapper à cette intolérable, à cette suffocante solitude !

Levons le volet et regardons au dehors. Nous voici devant une ferme. Une lumière auprès de la grange ! Sans doute la lanterne du laboureur qui se lève... Et je ne me trompe pas ! Il y a sur l'horizon une faible, faible bande de rose. C'est le matin qui arrive, à la fin !

Nous venons de stopper à une station.

Deux hommes sont entrés, ont pris place dans la seule section du wagon qui ne soit pas transformée en couchette et occupée. Ils bâillent de temps à autre et échangent languissamment quelques mots, comme par acquit de conscience. Assis face à face, ils jettent un coup d'œil distrait par la fenêtre, et vous donnent l'impression vague de deux êtres profondément fatigués de se trouver ensemble.

Comme je passe la tête hors de mes rideaux, pour les voir, l'Un dit, en essayant faiblement de réprimer un bâillement :

— Eh bien ! vous me croirez si vous voulez, mais dans le temps il n'y avait pas d'entrepreneur de funérailles plus populaire que lui...

L'Autre (se croyant obligé de parler, et avec une sorte de politesse banale et indolente ,inventant une question, à défaut de réponse plausible) :

— Mais enfin, cet entrepreneur de funérailles... était-il chrétien?... allait-il à l'église?..

L'Un (après un moment de réflexion) :

— Ma foi, je ne sais trop si vous l'auriez appelé un chrétien pratiquant... Mais enfin, il avait des convictions, — oui, je crois pouvoir dire qu'il en avait! Le docteur Wylie lui en avait donné... Telle est du moins son explication de l'affaire.

Ici, un long, un mortel silence.

L'Autre (sentant que c'est son tour de dire quelque chose) :

— Mais pourquoi était-il si populaire comme entrepreneur de funérailles ?

L'Un (paresseusement) :

— Je vais vous dire : c'est surtout avec les veufs et les veuves qu'il avait réussi. Il avait une manière à lui de les réconforter. Une tape par-ci, une tape par-là. Quelques mots de la Bible. D'autres fois des paroles de son propre fonds, en homme d'expérience et qui a connu le chagrin... Personnellement, on dit... (à demi-voix) je n'affirme rien, vous comprenez... on dit qu'il a perdu trois femmes et cinq enfants de cette nouvelle maladie... comment l'appelez-vous ?... la diphtérie. . là-bas dans l. Wisconsin...

Je ne suis pas allé voir, vous savez?... Mais
voilà ce qu'on raconte.

L'Autre :

— Mais comment a-t-il perdu sa popu-
larité?

L'Un :

— C'est précisément la question. Comprenez bien qu'il avait introduit du nouveau dans son art. Par exemple, il avait
un procédé, comme il disait, pour manipuler la figure des défunts.

L'Autre (avec le plus grand calme) :

— Comment, manipuler?

L'Un (frappé d'une idée lumineuse et d'un
ton presque agressif) :

— Allons, soyez franc. N'avez-vous jamais
remarqué combien, généralement parlant,
un cadavre est laid à voir?

L'Autre a remarqué cette circonstance;
il est obligé d'en convenir.

L'Un (revenant à son idée) :

— Tenez, je vous citerai Mary Peebles,
la fille de l'amie de cœur de ma femme,
une jolie personne et une vraie chrétienne.

Elle mourut de la fièvre scarlatine... Eh bien! cette pauvre fille, — j'étais à l'enterrement, vous pensez bien, à cause de ma femme; on me fit même l'honneur de me donner à tenir un cordon du poêle; cette pauvre fille avait beau être placée dans une bière numéro 1, tout ce qui se fait de plus beau, venue en droite ligne de Chicago, avec des fleurs et des falbalas à n'en plus finir; je ne devrais peut-être pas le dire, mais vrai, elle ne payait pas de mine!... Moi-même, quoique ami de la famille et chargé de tenir un des cordons, je me sentais, à la voir, désappointé, découragé, pour ainsi dire.

L'Autre (avec une sympathie visiblement artificielle) :

— Je comprends, je comprends !

— N'est-ce pas?... Eh bien! cet entrepreneur, ce Wilkins, avait un procédé pour remédier à cela. Un procédé de manipulation. Il travaillait les traits du mort, les modelait, arrivait à produire ce que les familles en deuil appellent un air de résignation, comme qui dirait une espèce de

sourire... Même, quand il savait pouvoir
ajouter un supplément à sa facture, un
extra comme on dit, — car il avait un tarif
régulier pour ce travail, il produisait ce
qu'il appelait « l'espérance du chrétien ».

L'Autre :

— Dans cet ordre de choses, vous savez,
j'aime à voir par moi-même.

— Oh ! je conviens que c'était singulier,
parfois ! Et même, j'ai toujours dit *(d'un ton
confidentiel)* que j'avais mes doutes sur la
question de savoir si tout cela est bien
orthodoxe et conforme aux Écritures ; car
enfin, nous ne sommes que poussière,
n'est-ce pas ? Je m'en suis ouvert à mon
pasteur ; mais il n'a pas cru devoir se mêler
de l'affaire tant qu'elle ne sortait pas du
cercle des chrétiens avérés. L'autre jour,
pourtant, quand Cy Dunham est mort...
Vous le connaissiez bien ?...

Un long silence. L'Autre regardait par
la fenêtre et semblait avoir oublié son compagnon.

Comme je mettais la tête hors de mon

12

rideau, je vis, au niveau des autres lits, quatre autres faces également impatientes de savoir la fin de l'histoire. Une de ces faces, qui était féminine, disparut précipitamment en apercevant la mienne, mais le frémissement de son rideau montrait assez à quel point son intérêt était en éveil.

Seuls dans le wagon, l'Un et l'Autre semblaient absolument indifférents au sujet.

A la fin, l'Autre s'arracha à la contemplation du paysage.

— Vous dites Cy Dunham ?

— Oui. C'est un homme qui n'avait jamais eu la foi. Il se grisait abominablement et se montrait peu délicat dans ses fréquentations. Une espèce d'enfant prodigue, et même pis, autant que je puis en juger par ce qu'on m'a dit... Donc, Cy Dunham dégringole un beau jour du haut du Petit Roc et son corps est livré à l'entrepreneur... La famille était fière et n'épargna rien pour les funérailles... Entre vous et moi, je vous dirai que c'était une affaire tout à fait réussie, et que je n'ai pas vu souvent la pareille. Wilkins n'avait pas ménagé les *extra*. Il avait mis sur la face de l'enfant prodigue sa touche numéro 1, « l'espérance du chrétien »... Mais c'est précisément là le point en litige. Plusieurs personnes de la communauté, et le pasteur lui-même, ont pensé qu'il faut une limite à tout. Il a même été question chez le doyen Tibbet de saisir une conférence de la question... Pourtant, ce n'est pas encore là ce qui l'a rendu impopulaire...

Un nouveau silence. Rien sur la physionomie de l'Autre n'indiquait le moindre désir de savoir enfin ce qui avait consommé l'impopularité de l'entrepreneur de funérailles. Mais hors de tous les rideaux, au niveau de chaque couchette, des figures anxieuses, quelques-unes même irritées, attendaient impatiemment la conclusion.

L'Autre (revenant paresseusement à la question) :

— Et qu'est-ce donc qui l'a rendu impopulaire ?

L'Un (tranquillement) :

— Les *extra*, je pense, — sans l'affirmer absolument. Quand mistress Widdecombe a perdu son mari, il y a trois mois, quoiqu'elle eût déjà traversé deux fois la vallée de deuil, — car c'était son troisième mari, — elle était déjà veuve en premières noces de John Barker...

— L'Autre (avec l'expression d'un intérêt intense) :

— Vous plaisantez ?

L'Un (solennellement) :

— Quand je devrais comparaître sur l'heure devant mon divin Créateur, je l'affirmerais encore : elle était veuve de Barker !

— Vous m'étonnez considérablement.

— Eh bien ! cette veuve Widdecombe voulut faire convenablement les choses pour son troisième défunt. Elle appela Wilkins, qui se mit à l'œuvre et déploya toutes les ressources de son art. Par malheur, — ou peut-être faut-il dire par bonheur, puisque telles sont les voies de la Providence, — voilà qu'un vieil ami de Widdecombe, un médecin de Chicago, arrive pour l'en-

terrement. Il va naturellement à son tour
donner un dernier adieu au mort, qui semblait endormi dans un sourire céleste et
prêt à recevoir la récompense de ses vertus :
il n'y avait qu'une voix à cet égard. La
veuve venait de s'installer à son banc, en-
chantée, en vraie femme qu'elle était, des
compliments qu'on lui faisait sur le défunt,
— quand l'ami de Chicago se tourne vers
elle et s'écrie :

— De quoi dites-vous que votre mari
est mort, madame ?

— De phtisie, le pauvre cher ange !
répond-elle en s'essuyant les yeux. D'une
phtisie galopante !

— Au diable la phtisie ! fait l'autre en
profane médecin de Chicago qu'il est, sans
foi et sans pudeur. Il est mort d'une dose
de strychnine. Voyez plutôt ce *facies*. Voyez
cette contorsion des muscles labiaux. C'est
la strychnine et son *risus sardonicus*... Je
crois bien que c'est ainsi qu'il a dit, le
mécréant.

— Mais non, docteur, répond doucement

12.

la veuve, c'est son dernier sourire, la « résignation du chrétien ».

— Au diable la résignation, vous dis-je !
Il en a plein l'estomac de cette résignation.
C'est du poison. Et je vais de ce pas...

...Tiens, sur ma parole, nous voici arrivés ! C'est la Joliette... auriez-vous jamais
cru que nous étions déjà en route depuis
une heure ?...

Deux ou trois voyageurs éperdus, et le
corps hors du lit :

— Un instant !... Dites donc, monsieur !... Respectable vieillard !... Comment a fini l'affaire ?...

Mais l'Un et l'Autre étaient déjà loin.

L'HOMME DE SOLANO

Il vint à moi pendant un entr'acte, au fond d'un couloir d'Opéra. C'était une figure aussi remarquable que rien de ce qui pouvait se produire sur la scène. Toutes les couleurs de l'arc-en-ciel semblaient s'être donné rendez-vous sur son costume, qui avait évidemment été acheté tout fait depuis une heure à peine. Pour qu'on n'en pût douter, une étiquette se balançait au collet de l'habit, indiquant indiscrètement au profane, avec une précision rigoureuse, le numéro, la mesure et le prix de ce vêtement.

Le pantalon montrait au long de chaque

jambe un pli perpendiculaire, comme si, créé et mis au monde pour rester aplati, il avait tout récemment inauguré une vie nouvelle. Au dos de l'homme, on voyait un pli pareil, comme dans ces images symétriques que les enfants fabriquent en découpant en double une feuille de papier.

Il n'avait pas l'air de soupçonner ces particularités. Son honnête figure aurait été tout à fait banale et vulgaire, sans une certaine dureté de ligne qui donnait à l'angle droit de sa mâchoire inférieure un caractère spécial.

— Vous ne me reconnaissez pas? dit-il tranquillement en me tendant la main. Je suis de Solano, en Californie. Nous nous y sommes trouvés ensemble en 57. Je gardais les moutons et vous fabriquiez du charbon, à cette époque.

Il n'y avait certainement pas ombre d'impolitesse voulue dans cette réminiscence. C'était l'énonciation toute simple d'un fait vrai, et il ne me restait qu'à l'accepter comme telle.

— Voici ce qui m'a fait désirer de renouveler connaissance, reprit-il quand j'eus
répondu à sa poignée de main. Je vous ai
vu tout à l'heure debout dans cette loge, —
là-bas, — et causant avec une jeune personne, — une charmante jeune personne.
Voudriez-vous me dire son nom ?

Je m'empressai de le satisfaire. Il s'agissait d'une ravissante jeune fille, récemment
arrivée à New-York, où elle faisait événe-
ment par sa beauté. Entre autres conquêtes,
elle avait notamment enchaîné à son char
le jeune et brillant Dashboard, qui se trouvait au théâtre avec moi.

L'Homme de Solano musa un instant,
puis s'écria :

— C'est bien cela !... C'est justement le
même nom ! Et c'est bien la même jeune
fille !...

— Vous avez déjà eu l'occasion de la
rencontrer ? lui demandai-je avec étonnement.

— Oui, répondit-il d'un air pensif. Je l'ai
rencontrée il y a environ quatre mois. Elle

était alors en train de visiter la Californie
en compagnie de quelques amis, et je l'ai
vue pour la première fois en chemin de fer,
du côté de Réno... Il lui arriva d'égarer
son bulletin de bagages, que je retrouvai
sous la banquette. Naturellement je m'empressai de le lui remettre, et elle me remercia avec beaucoup de grâce... Je pense
que je ferais bien de me présenter dans sa
loge et de renouveler connaissance?...

Il s'était arrêté et nous regardait comme
pour nous consulter.

— Mon cher monsieur, plaça ici le jeune
et brillant Dashboard, si votre hésitation
procède de quelque doute sur la convenance
de votre costume, je vous prie de bannir à
l'instant ce doute de votre esprit. A la
vérité, la tyrannie de la mode nous oblige,
votre ami et moi, de nous habiller le soir
d'une certaine façon. Mais rien, je vous
l'assure, ne saurait approcher de l'effet que
produit le vert-olive de votre habit sur le
jaune-clair de votre cravate, et de la façon
dont votre pantalon gris-perle s'harmonise

avec le bleu de votre gilet. Il n'est pas jusqu'à cette massive chaîne d'*oroïde* qui ne fasse sur tout cela un merveilleux effet...

Je m'attendais à voir un formidable coup de poing s'abattre sur le nez de Dashboard. Il n'en fut rien. L'Homme de Solano regarda son interlocuteur avec une gravité inaltérable et reprit tranquillement :

— En ce cas, vous n'avez pas d'objection à m'introduire dans la loge ?

Dashboard fut, je dois le dire, légèrement abasourdi de cette botte directe. Mais il se remit promptement, et, s'inclinant avec une politesse ironique, précéda vers la loge l'Homme de Solano.

Je les suivis aussitôt.

Par bonheur, la belle était une jeune fille d'un tact parfait et une vraie femme du monde. A peine Dashboard eut-il procédé à sa présentation pour rire, qu'elle mesura d'un coup d'œil la situation. A l'extrême ébahissement du jeune dandy, elle montra un siège auprès d'elle à l'Homme de Solano, l'invita à s'asseoir, puis elle tourna le dos

au brillant Dashboard, et à la vue de tout
New-York, sous le feu de cent lorgnettes,
s'engagea dans une conversation des plus
animées avec son nouvel hôte.

Ici, pour me conformer à la poétique du
roman, j'aimerais à pouvoir dire que le sau-
vage de l'Ouest s'éleva au-dessus de lui-
même et finit par montrer quelque esprit,
quelque talent, quelque bon sens tout au
moins. Hélas! il n'en fut rien, et jusqu'à la
dernière minute le pauvre diable resta
ennuyeux et stupide. Il persista à maintenir la conversation sur le sujet du fameux
bulletin de bagages : tous les efforts géné-
reusement tentés par la jeune fille pour lui
faire changer de thème furent en pure
perte.

A la fin, il se leva, et tandis que toute la
loge poussait un soupir de soulagement, il
se pencha pour dire :

— Je compte rester ici assez longtemps,
miss, et puisque vous et moi sommes en
quelque sorte des étrangers dans la ville,
j'espère que vous me permettrez à l'occasion

de vous accompagner au théâtre ou ailleurs...

Miss X... se hâta de répondre qu'elle avait
des engagements si nombreux, et si peu de
jours à passer à New-York, qu'elle craignait
bien, en vérité, etc., etc.

Les deux autres dames serraient leur
mouchoir sur leur bouche pour ne pas
éclater et feignaient d'être très absorbées
par ce qui se passait sur la scène.

L'Homme de Solano reprit :

— Eh bien ! miss, il y a un moyen de
tout arranger. Quand vous irez quelque
part, vous n'aurez qu'à m'en écrire un mot
à l'hôtel Earle, tenez, à l'adresse que voici...

Il tira de sa poche une douzaine de
vieilles lettres et, choisissant une des enveloppes de papier jaune dont elles étaient
ornées, il la présenta à la belle avec un
mouvement qui avait l'intention de passer
pour une révérence.

— Justement, cela se trouve à merveille,
s'écria ici le facétieux Dashboard. Miss X...
va demain soir à un grand bal de charité.

13

Le prix de la souscription n'est qu'une baga-
telle pour un riche Californien comme vous,
— sans compter qu'il s'agit d'une bonne
œuvre, — et je ne doute pas qu'il ne vous
soit aisé de vous procurer un billet.

Miss X... leva ses beaux yeux sur Dashboard, puis elle reprit :

— C'est une excellente idée. Et comme
M. Dashboard est un des commissaires de
la fête, et vous, monsieur, un étranger à
New-York, il se fera assurément un plaisir
de vous envoyer une invitation de courtoisie. Il y a assez longtemps que je le connais pour savoir qu'il est toujours plein
d'égards pour les étrangers, en véritable
gentleman...

Sur quoi, elle se détourna et fixa ses regards sur la scène.

L'Homme de Solano remercia l'Homme
de New-York et se décida enfin à partir,
non sans avoir vigoureusement secoué la
main de toutes les personnes qui se trou-
vaient dans la loge.

Au moment d'ouvrir la porte, il se

retourna pourtant encore pour dire à miss X... :

— C'est égal, quelle chose étrange, miss, que cette circonstance de votre bulletin de bagages ! ...

Mais le rideau se levait sur la scène du jardin de *Faust*, et miss X... était tout entière au spectacle. L'Homme de Solano referma avec soin la porte de la loge et se retira sur la pointe des pieds. Je le suivis.

Il garda le silence jusqu'au rez-de-chaussée, et me dit alors, comme si nous ne faisions que reprendre une conversation interrompue:

— C'est une charmante fille, il n'y a pas à dire ! Justement le genre qui me convient, et la graine d'une excellente femme !..

Craignant de voir l'Homme de Solano s'engager sur une route pleine de périls, je crus devoir l'avertir que miss X... était assiégée d'hommages, qu'il ne tenait qu'à elle de se choisir un mari dans la fleur des pois du meilleur monde, et qu'elle était même, selon toute apparence, engagée avec Dashboard.

— Je n'en serais pas surpris, fit-il tranquillement et sans la moindre trace d'émotion. Je serais même surpris qu'il n'en fût
pas ainsi .. Mais je crois que je vais rentrer
me coucher. Pour mon compte, je ne tiens
guère à entendre ces hurlements...

(Il parlait de la cavatine chantée à ce
moment même par l'illustre cantatrice
madame Batti-Batti.)

— ... Quelle heure peut-il bien être?

Il tira sa montre. La chaîne en était si
énorme et si manifestement fausse, que
mes yeux ne pouvaient la quitter.

— Vous regardez ma montre? fit-il. Elle
n'est pas des plus vilaines. Malheureusement elle ne marche pas pour deux sous.
C'est pourtant une montre de cent vingt-
cinq dollars. Je me la suis laissé adjuger à
Chatham, avant-hier, dans une vente où
tout était d'un bon marché singulier.

— Vous avez été outrageusement volé!
m'écriai-je avec une indignation sincère.
La montre et la chaîne ne valent pas vingt
dollars!

— En valent-elles quinze ? me demanda-
t-il gravement.

— Je le croirais.

— En ce cas, je n'ai pas fait une mauvaise affaire. J'ai dit à ces gens-là que j'étais
un Californien de Solano et que je n'avais
pas sur moi un seul billet de banque. Il
est vrai que j'avais trois *slugs*. Vous rappelez-vous les *slugs* ?...

Je me rappelais fort bien la chose. Le
slug était une monnaie de convention émise
dans les premiers temps de l'ère califor-
nienne, — un jeton d'or de forme hexagone,
un peu plus large et plus épais que deux
pièces de vingt dollars superposées, et qui
avait cours pour deux cent cinquante francs,
les valant pleinement d'ailleurs.

— ... Eh bien ! je leur passai mes trois
slugs et la montre me fut livrée. Or ces je-
tons, je les avais fabriqués jadis moi-même,
avec des rognures de cuivre et des pyrites
de fer, histoire de rire un peu en jouant au
poker avec les camarades. Il n'y avait pas
contrefaçon, puisque le *slug* n'était pas

monnaie légale du gouvernement, et je
calcule que ces trois pièces me revenaient
bien, en comptant mon temps et ma peine,
à environ quinze dollars. Par conséquent,
si telle est la valeur de la montre, il n'y a
personne de volé, n'est-ce pas ?...

Je commençais à comprendre l'Homme
de Solano, et je répondis comme il le désirait.

Il remit la montre dans son gousset, joua
négligemment avec la chaîne et reprit :

— Il n'y a pas à dire, cela donne bonne
mine à un homme et complète sa toilette !

J'approuvai également cet aphorisme.

— Mais que comptez-vous faire ici ?
demandai-je après un instant.

— Ma foi, j'ai un petit capital d'environ
sept cents dollars. J'ai l'intention de m'établir quand je trouverai une affaire à ma
convenance, et, en attendant, d'escarmoucher
à la Bourse, dans les prix doux, naturellement.

J'allais lui infliger quelques conseils de
prudence, mais l'histoire de la montre me

revint à l'esprit, et je jugeai ma sollicitude inutile. Après une poignée de main, nous nous séparâmes.

Quelques jours plus tard, je le rencontrai dans Broadway. Il portait un nouveau costume flambant neuf, mais je crus reconnaître en lui quelques symptômes de progrès. C'est à peine s'il montrait, des pieds à la tête, cinq couleurs différentes. Du reste, cette particularité, j'eus plus tard l'occasion de le reconnaître, était purement accidentelle.

Je lui demandai s'il était allé au bal de charité, et il répondit affirmativement.

— La jolie personne y était aussi, plus charmante que jamais ; mais j'ai cru remarquer qu'elle cherchait à m'éviter... J'avais pourtant acheté ce costume pour lui faire honneur !... Il faut dire que les garçons m'ont poussé tout de suite dans une loge et que je n'ai plus eu beaucoup de chances de reprendre la conversation sur ce bienheureux bulletin de bagages... En revanche, M. Dashboard a été plein d'at-

tentions pour moi. Il a amené un tas de
messieurs et de dames autour de ma loge,
pour me voir, et il a même organisé ce
soir-là une partie pour me conduire le lendemain à la Bourse et me montrer la cor-
beille. Il n'a pas manqué de venir me
prendre, comme il l'avait promis, et la fin
de tout cela, c'est qu'il m'a fait acheter pour
500 dollars d'actions, ou même un peu
plus... Ce n'était qu'un troc, après tout,
et je lui en ai vendu aussi. Vous savez que
j'avais dix parts de cette mine de cuivre de
Peacock, dont vous étiez secrétaire...

— Mais ces parts ne valent plus un cen-
time!... L'affaire est morte et enterrée
depuis je ne sais combien d'années!...

— C'est bien possible, puisque vous le
dites. Mais vous comprenez que je n'en
savais pas beaucoup plus long sur le *Com-
munipaw-Central* ou la *Compagnie du Gaz de
Naphte*. J'ai donc pensé que l'échange était
de franc jeu... Seulement, je n'ai pas
perdu de temps pour revendre les actions
qu'on venait de m'endosser, et au total, je

suis revenu de mon expédition avec quelque
quatre cents dollars de plus que je n'avais
en partant... J'ai peut-être été imprudent,
en somme, car enfin ces Peacock pourraient
remonter!...

Je le regardai dans les yeux. Sa physionomie était absolument impassible et se-
reine. Je commençai à avoir un peu peur
de l'Homme de Solano, ou pour mieux
dire du jugement superficiel que j'avais
d'abord porté sur lui.

Plusieurs mois s'écoulèrent sans que
j'eusse l'occasion de le revoir. Quand cette
occasion se présenta, je trouvai qu'il était
devenu agent de change et qu'il avait, dans
Broad street, un petit bureau où il faisait
beaucoup d'affaires. Je ne pus m'empêcher
de lui demander s'il était toujours en relations avec miss X...

— J'ai su qu'elle était à Newport cet été,
me dit-il, et je me suis empressé d'aller y
passer une semaine.

— Et naturellement vous avez causé de
son bulletin de bagages?

— Non, fit-il, du plus grand sérieux. Elle m'a chargé d'acheter des actions pour elle. Il faut croire que ces gaillards à la mode la taquinaient à mon sujet, et alors, en fille d'esprit, elle aura voulu mettre une fois pour toutes nos rapports sur le terrain des affaires. Oh ! elle n'est pas sotte, je vous l'assure !... avez-vous su l'accident qui lui est arrivé ?

— Non, ma foi.

— Eh bien ! elle était en yacht, et je m'étais arrangé pour être de la partie. L'affaire était organisée par un jeune homme qui va l'épouser, dit-on. Voilà qu'un après-midi, par un petit grain assez fort, un boute-hors s'abat sur elle et la jette à la mer !... Vous pensez si nous étions tous dans un état !... il n'est pas possible que vous n'en ayiez pas entendu parler ?...

— Non, sur ma parole ! Mais je voyais tout, maintenant, avec mon instinct de romancier, dans un éclair foudroyant de poésie et de passion. Le pauvre homme, empêché jusque-là par la rudesse de ses manières

d'exprimer convenablement son amour, avait
enfin trouvé l'occasion de le prouver. Il
s'était sans nul doute..

— Ah ! ce fut un moment terrible ! reprit-
il. Je ne fis qu'un saut à l'arrière, — et de
là, à vingt ou trente mètres de distance, je
vis cette délicieuse créature, cette charmante
fille se débattant contre la mort !... Je...

— Vous vous jetâtes à la mer !... m'é-
criai-je.

— Pas le moins du monde, fit-il gravement. Je laissai l'autre s'acquitter de ce
devoir, et je me contentai de regarder.

J'étais muet de surprise.

— ... C'est l'autre qui fit le saut, reprit-il.
Et cela devait être ! Rien de plus rationnel...
Comprenez donc que si j'avais fait la sottise
de me jeter à l'eau, de valser avec les
vagues et peut-être de couler à fond, l'autre
serait tout naturellement arrivé à la rescousse
et aurait sauvé la belle... Et comme il devait dans tous les cas l'épouser, je ne vois
pas trop quel eût été mon rôle dans l'affaire, — sinon celui d'un jobard... Au con-

traire, supposez qu'il l'eût manquée et se
fût noyé lui-même ! J'aurais été débarrassé
de lui, et à mon tour j'aurais tenté l'aventure avec des chances sérieuses... Mais je
vois que vous ne me comprenez pas, — je
m'en étais déjà aperçu en Californie...

— Alors, c'est lui qui l'a tirée de l'eau ?

— Parfaitement. Tout s'est passé dans les
règles. S'il l'avait manquée, j'aurais pris
mon tour. Mais il n'y aurait pas eu de bon
sens à faire son ouvrage sans le laisser
échouer.

Je ne sais comment l'histoire se répandit.
L'Homme de Solano devint plus à la mode
que jamais, fut accablé d'invitations pour
rire, et entra ainsi en relations avec quan-
tité de gens qu'il n'aurait jamais rencontrés
autrement.

On remarqua bientôt que ses sept cents
dollars croissaient et multipliaient à vue d'œil,
et qu'il prospérait singulièrement dans ses
affaires. Certaines actions californiennes que
j'avais vues jadis portées en terre à petit
bruit ressuscitaient comme par enchante-

ment. Un matin, en parcourant mon journal, je crus voir un spectre se dresser
devant moi, en rencontrant dans la cote,
plâtrée et maquillée comme une vieille
actrice, la Compagnie minière de *Dead Beat
Beach*, que je croyais défunte depuis dix
ans au moins.

Quelques personnes commencèrent à
respecter — ou si l'on veut à suspecter —
l'Homme de Solano.

Depuis longtemps il avait l'ambition d'appartenir à certain club à la mode. Il finit
par y être invité, en manière de dérision;
une fête burlesque fut donnée en son
honneur, et se termina par une grosse
partie de cartes.

Le lendemain matin, comme je passais devant le perron du club, je vis deux ou trois
membres qui le descendaient en causant
avec animation :

— Il a « nettoyé » tout le monde!
— Il a ratissé au moins 40,000 dollars!
— Qui cela? demandai-je.
— L'Homme de Solano.

Je m'éloignais sans commentaires, quand un de ces messieurs, une des victimes, sportsman bien connu, posa sa main sur mon épaule et me dit :

— Soyez franc. Quel métier faisait votre ami en Californie?

— Il était berger.

— Berger?...

— Tout simplement. Il tondait ses moutons sur les collines de Solano, tout embaumées de miel.

— Eh bien! voulez-vous que je vous dise? Au diable vos idylles californiennes!..

NOTES D'UN HOMME MATINEUX

J'ai toujours eu l'habitude de me lever de bonne heure. Un proverbe veut que cette habitude engendre nécessairement chez celui qui la possède bonne santé, opulence et sagesse. Qu'on me permette de m'inscrire solennellement en faux contre cette illusion. J'en ai trois fois le droit, et je suis un exemple éclatant du contraire, en ce sens que ma santé n'est pas bonne, que je n'ai pas le sou et que la présente protestation m'enlève évidemment aux yeux du public toute chance de passer jamais pour un sage.

Entre autres inconvénients de cette déplorable habitude, — vivant comme je fais dans une des avenues à la mode, — je dois compter qu'elle est à peu près exclusivement monopolisée en ces élégantes régions par les domestiques et gens de service. Aussi, quand je descends vers six heures du matin sur cette large et belle voie publique, me semble-t-il toujours que j'en viole les traditions les plus saintes. Et ce sentiment ne m'est malheureusement pas personnel. Plus d'une fois j'ai vu le laitier me montrer du coin de l'œil à la fille d'office, comme pour dire :

— En voilà un qui rentre un peu tard chez lui !

Il est même arrivé au policeman n° 9,999 de me suivre pendant quelque cent mètres sous l'impression manifeste que j'étais un crocheteur de serrures rentrant au gîte après une expédition fructueuse.

D'autre part, je dois convenir que je suis ainsi mis en contact avec des individus et des phénomènes dont l'existence m'aurait

autrement toujours paru problématique. En
première ligne je veux parler d'une classe
nombreuse d'ouvriers qui ne semble pas
très familière aux beaux messieurs chargés
de légiférer ou d'écrire à son sujet. La plupart de ces hommes matineux, tout au
moins dans le quartier où je pousse le plus
souvent mes explorations, appartiennent
clairement au type américain. Quant à l'élément étranger, qu'on suppose si prédomi-
nant dans les classes laborieuses de cette
métropole, je dois déclarer qu'il est à peu
près imperceptible à l'œil nu. Cette décou-
verte n'a pas laissé d'ébranler ma foi dans
les statistiques officielles.

Le champ de mes promenades matinales
s'étend de la 23ᵉ avenue de Washington-
Park, et latéralement, de la 6ᵉ avenue, à
Broadway. Eh bien ! tous les artisans que
j'ai rencontrés par là et qui traversent trois
avenues — les laitiers, les charretiers, les
ouvriers proprement dits — et même les
vagabonds qui s'y montrent occasionnelle-
ment, — d'où qu'ils viennent, où qu'ils

aillent, et quel que soit leur *habitat* réel,—
tous sont invariablement Américains. Je
donne le renseignement pour ce qu'il vaut;
mais le fait est qu'en un an, de six heures
du matin à huit, je n'ai rencontré que deux
étrangers, un Irlandais et un Allemand,
Peut-être convient-il d'ajouter que je n'ai
jamais vu à une autre heure de la journée,
dans ce même quartier, les gens que j'y
croise le matin.

En ce qui touche à leur qualité, ces artisans sont toujours proprement vêtus,
intelligents et polis. Je me rappelle pourtant,
par un jour d'hiver où le verglas rendait
les trottoirs aussi glissants, aussi éclatants
et aussi impraticables qu'un glacier, avoir
cheminé dans la 12ᵉ rue côte à côte avec
un gaillard si bien couvert de suie,
qu'il laissait à chaque pas une empreinte
noire sur la neige. Il était chauffeur dans
une manufacture bien connue, et me donna
sur sa profession, au cours de notre cause-
rie, des détails infiniment plus intéressants
que tous les discours officiels du monde. Je

me souviens qu'il disait toujours : « Elle »
en parlant de sa machine ; et les caprices,
les aberrations, les accès d'entêtement qu'il
lui attribuait justifiaient pleinement cette
troisième personne du genre féminin. Ce
brave homme voulut bien m'introduire dans
un restaurant où une décoction de chicorée
à cinq sous la tasse nous fut servie sous le
nom de café, avec un petit pain. Il insista
même honorablement pour être mon hôte
et paya avec la grâce d'un membre du Bar-
mecide-Club les dix sous que coûta cette
petite débauche.

Une autre fois, — c'était au commence-
ment de l'été, j'entrai en rapport sur un
banc de Washington-Park avec un gentleman qui avait pour profession d'attraper
des pigeons domestiques et d'en approvi-
sionner par contrat certains tirs de la
Cité.

Il était parfois obligé pour remplir ses
engagements, me dit-il, d'aller chercher ses
victimes jusqu'en Minnesota. Ce gentleman
m'intéressa fort par tous les détails qu'il

donnait sur la façon de prendre les oiseaux ou sur leurs habitudes, et par ses opinions toutes spéciales sur l'état civil des pigeons de ville : ils avaient beau être élevés et nourris par des gens qui les croyaient sincèrement leur propriété, ces animaux n'en étaient pas moins à ses yeux *feræ naturæ* et gibier légitime.

Quand il m'eut donné ces renseignements divers, il conclut en disant :

— Et maintenant, monsieur, laissez-moi vous avouer que je ne suis pas riche, que ma famille est nombreuse et que l'ouvrage ne donne guère cette année. Si vous vouliez bien m'avancer un dollar et me donner votre adresse, j'attends incessamment un mandat de Chicago et vous n'obligeriez pas un ingrat, etc., etc.

Il eut son dollar, — ai-je besoin de le dire? — Ses renseignements valaient au moins le double, — mais je m'imagine qu'il perdit mon adresse.

Je dois ajouter qu'en faisant part de ces faits à un de mes amis, grand tireur de

pigeons devant l'Éternel, je pus m'assurer
quelques jours plus tard que le chasseur
citadin m'avait dit la vérité et n'était pas un
imposteur.

Ceci m'amène à dire un mot des oiseaux.
De tous les compagnons de mes promenades matinales, le plus agressif, le plus
indiscret et le plus importun est assurément
le moineau anglais. Vers six ou sept heures
du matin, il se considère comme le maître
des avenues, en prend possession et regarde
comme un intrus quiconque se permet d'y
pénétrer. Par une fraîche matinée, il m'est
arrivé de tomber sur une bande de ces
polissons en train de bavarder, de se que-
reller et de se rouler dans la poussière
jusque sous mes pieds. Je finis par m'arrêter court, dans la crainte d'écraser le
plus proche. Croirait-on qu'au lieu de s'en-
voler, il continua de disputer le terrain
pied à pied devant moi, les ailes éployées
et le bec en avant, — véritable caricature
de l'aigle national ?

— Les avez-vous jamais vus se baigner

dans le bassin du square? me demanda un
jour le policeman de service.

Je répondis négativement.

— Ils doivent justement y être : c'est
leur heure, me dit-il en me montrant le
chemin avec complaisance.

Je ne sais trop ce qui était le plus amu-
sant à voir, de ces trente ou quarante
gamins ailés qui plongeaient tour à tour
avec des cris de joie, pareils à autant de
petits Pluks insouciants et effrontés, — ou
de ce grave policeman qui les regardait ravi,
avec sa plaque, son bâton et son bouclier.
Mon regard, ou bien la vue d'un confrère
qui passait en escortant deux ivrognes, le
rappela sans doute au sentiment de sa dignité professionnelle :

— On dit que ces pierrots étrangers
chassent tous les autres oiseaux, fit-il
sévèrement.

Et sur cette parole amère, il se retira. Il
y avait dans son air une sorte de réserve
diplomatique, comme s'il s'était dit subitement qu'après tout il pourrait bien être

appelé un matin à arrêter en bloc cette gent
emplumée et à la conduire au poste. Et
certes, il aurait fait son devoir.

Mais c'est l'heure où les ouvrières et les
filles de boutiques descendent à leur tour.
De la fraîcheur et de la grâce innocente,
elles en ont à revendre. J'ai vu cette même
avenue, dans les après-midi de gala, toute
peuplée des beautés fashionables de la
grande cité ; mais je puis dire qu'elles n'ef-
façaient pas leurs sœurs plus humbles du
matin. En Amérique, il est fort malaisé de
démêler d'après le costume la classe à
laquelle appartient celui ou celle qui le
porte. Il pourrait certes arriver au voyageur
inexpérimenté de se tromper du tout au
tout sur le compte de ces jolies et élégantes
personnes, qui peut-être travaillent à une
machine à coudre, ou arpentent du matin
au soir les interminables parquets d'un
magasin d'approvisionnements.

Je me rappelle en particulier une figure
et une taille ravissantes, — une toilette
modeste, mais admirablement comprise et

d'un goût parfait, — une de ces visions dont
le peintre le plus raffiné des mœurs contemporaines aimerait à fixer le souvenir sur sa
toile. C'était vers sept heures du matin, dans
la 11ᵉ rue, entre la 6ᵉ avenue et Broadway.
Sa démarche était si noble, si chaste et si
virginale, sa physionomie si pure et si fine
à la fois, qu'en ma qualité d'homme de
lettres j'aurais pu la prendre pour héroïne
d'une nouvelle mondaine. A dire la vérité
tout entière, je m'étais même laissé aller
déjà à tisser sur son compte la trame
d'un petit roman personnel, quand un
matin elle arriva derrière moi avec une
autre jeune fille, fort jolie aussi, mais dans
un type différent. Elles causaient avec une
grande animation. Comme elles passaient
à mes côtés, voici la phrase que laissèrent
tomber ces lèvres impeccables :

— Oui, ma chère, et je lui ai répondu
que si ça ne lui allait pas il n'avait qu'à
avaler sa langue, et il ne se l'est pas fait
dire deux fois pour *se tirer des pattes...*

Dieu sait de quelle démarche indiscrète

cette seule phrase me sauva peut-être ; mais le lecteur comprendra l'amertume qu'une pareille formule n'aurait pas manqué d'ajouter à l'humiliation d'un échec.

Viennent maintenant les fidèles du *morning cocktail*, ou goutte matinale. J'avais l'habitude de prendre une tasse de café dans un restaurant à la mode auquel était annexée une buvette ou *bar*. Une remarque s'imposa bientôt à mon observation : c'est que si mes compatriotes aiment à procéder en compagnie à leurs autres libations, l'acte de prendre un *morning cocktail* est au contraire essentiellement pour eux un acte solitaire.

Dans tout le cours d'une expérience déjà longue, je ne me rappelle pas avoir jamais vu deux hommes prendre la goutte ensemble avant leur déjeuner. En revanche, j'ai souvent eu l'occasion de voir l'animal humain du sexe mâle se précipiter au comptoir de la buvette, commander brutalement un verre, l'avaler d'un trait et quitter sans délai le théâtre de son crime. Je l'ai vu

14

aussi parfois le prendre à petits coups, languissamment, comme par acquit de conscience et avec une indifférence apparente
qui ne laissait pas d'avoir quelque chose
d'insultant pour le cabaretier. Il m'est
arrivé d'observer deux hommes que j'avais
vus buvant amicalement la veille au soir,
et qui maintenant, debout aux deux coins
opposés du comptoir, silencieux et sombres,
feignaient de ne pas se voir et faisaient de
leur transaction avec le garçon une affaire
toute confidentielle.

J'ai même vu cette passion singulière
s'envelopper d'un air d'innocence chez un
vieux gentleman de l'extérieur le plus respectable. Il entrait dans le café comme par
le plus grand des hasards, en homme qui
n'en a pas l'habitude. Après avoir jeté
autour de lui un regard circulaire, il s'a-
vançait à petits pas vers le comptoir, et
prenant un ton d'indifférence, disait au
garçon :

— Je ne me trouve pas bien ce matin,
et je crois que je prendrai... Qu'est-ce

que je prendrai bien ?... Voyons, je vous laisse le choix...

Là-dessus le garçon lui servait invariablement un *cocktail* de tord-boyaux que le vieux gentleman avalait comme du sirop de gomme.

La scène était si bien jouée que je la vis se renouveler cinq ou six fois avant de perdre confiance.

J'essayai à diverses reprises, dans l'intérêt de ces notes, d'arracher, au propriétaire du *bar*, quelques renseignements sur ses habitués du matin ; mais il faut dire à son honneur qu'il resta impénétrable. En vérité, je crois pouvoir affirmer qu'il n'y a pas d'exemple d'un de ses confrères qui se soit laissé tirer les vers du nez par un reporter. C'est un malheur qui arrive fréquemment à des clergymen, à des docteurs, à des hommes d'État ; mais il est consolant pour l'humanité de penser que la limite est tracée quelque part.

L'un des aspects les plus affligeants de ces heures matinales est leur rapport forcé

et leur contact parfois incongru avec la
soirée précédente. La fête de la veille se
prolonge souvent outre mesure, et il y a
alors dans la manière dont les deux jour-
nées se rejoignent un hiatus tantôt comique et tantôt navrant.

Un matin, à six heures, je vis un coupé
s'arrêter devant moi au bord de la chaussée.
Je reconnus le cocher, qui toucha son chapeau en manière d'excuse, comme pour
me donner à entendre qu'il n'était pas res-
ponsable de l'état de son maître, et je
m'approchai de la portière. J'aperçus alors
deux jeunes gens de mes amis, dans la plus
correcte des tenues de soirée, appuyés l'un
contre l'autre et dormant du sommeil du
juste, en état d'ivresse.

— Ils sont gris ! dis-je au cocher.

Pas un muscle de sa face ne répondit à
l'appel de mon sourire. Il savait trop bien
son monde.

— Voyez-vous, monsieur, fit-il, nous
avons été dehors toute la nuit, et, à trois
ou quatre blocs d'ici, ces messieurs vous

ont aperçu. Ils m'ont dit d'arrêter devant vous ; mais vous étiez en train de causer avec un gentleman, de sorte que j'ai attendu, mis mes chevaux au pas, fait le tour de ce pâté de maisons, et pendant ce temps ces messieurs se sont endormis.

Je donnai un coup d'œil à ces enfants de Bélial. Ils ronflaient à qui mieux mieux. De la boutonnière du plus jeune, une fleur avait laissé tomber ses pétales, qui s'étaient effeuillés sur lui. Je refermai doucement la portière.

— Le mieux est sans doute de reconduire ces messieurs à la maison ? me demanda gravement le cocher.

— C'est mon avis, John.

Et il toucha ses chevaux.

Une autre fois, il m'a été donné de rencontrer un cortège moins discrètement comique. C'était à l'époque où le sentiment moral de la métropole, exprimé par des ordonnances ou des règlements spéciaux, se soulevait contre certains spectacles donnés dans les cafés-concerts et, selon l'usage,

14.

s'attaquait à ceux qui les offrent au public, au lieu de s'attaquer au public qui
les paye. Par un beau matin de gelée, je
me croisai dans Washington-Park avec
mon honnête ami le sergent X... et son
subordonné, le policeman 9,999, en train
d'escorter au poste un certain nombre de
délinquants.

L'une des femmes n'avait pas eu le
temps de changer de costume, et avait
jeté un waterprooff tout usé sur la robe
flottante et la ceinture lâche de Vénus.
Une autre, qui avait sans doute posé pour
Mercure, cachaït tant bien que mal son
maillot collant sous un châle à carreaux et
avait échangé ses sandales ailées contre
une paire de caoutchoucs. Le rouge de leurs
figures maquillées était raviné de larmes.
L'homme qui les accompagnait, — le mâle
de l'espèce, — avait lavé tant bien que
mal la couleur qui le transformait en Éthio-
pien, mais il lui restait des plaques noires
derrière les oreilles ; son col gigantesque
et son jabot démesuré donnaient un carac-

tère de comique irrésistible à l'indignation qu'il manifestait de temps à autre par
d'énergiques jurons. Ils allaient à travers
la neige, au soleil levant qui inondait le
square de sa lumière rosée avec les bâti-
ments de l'Université dans le fond, et trois
ou quatre moineaux voletant au premier
plan, côte à côte avec les deux policemen,
calmes et impassibles comme le Destin.

Et, pendant ce temps, me disais-je, tandis que ces pauvres hères sont ignominieu-
sement traînés en prison pour avoir servi
aux plaisirs du beau A..., de l'élégant
B..., du riche C..., et du respectable
D..., — qui assistaient au spectacle, qui
le soutenaient de leur argent et de leur
patronage, — ces honorables gentlemen
sont tranquillement allongés entre leurs
draps où ils dorment sans crainte et sans
reproche!...

Un souvenir radieux pour compléter cette
esquisse. C'était de très bonne heure, de
si bonne heure que la croix de Grace-
Church venait à peine de saisir au vol le

soleil levant et flamboyait seule dans
l'ombre. Peu à peu, la flèche si hardie
de ce charmant clocher devenait visible.
Lentement, le soleil se coula de cercle en
cercle, descendit tout au long des spires
jusqu'à ce qu'enfin l'église entière se trouva
baignée dans une gloire de lumière. A
ses pieds l'avenue reposait encore dans
le crépuscule. On aurait dit que l'astre du
jour avait choisi l'élégant édifice pour le
saluer le premier.

Mais un sourd grondement se fit entendre:
— celui du premier omnibus, — le premier battement de cette artère de la grande
cité revenue à la vie.

Je relevai les yeux : Grace-Church était
rentrée dans l'ombre.

MON AMI LE VAGABOND

Je flânais sur les dunes verdoyantes d'une station de bains de mer bien connue, sur la côte de la Nouvelle-Angleterre. C'était un dimanche matin, si calme et si frais, si profondément imprégné d'un sentiment de repos absolu, que même les cloches d'une église voisine, sonnant à toute volée par-dessus un mille ou deux de marais salants, n'avaient rien dans leur appel d'impératif, de menaçant ou même de suppliant. Elles semblaient plutôt dire du haut de leurs tours, comme autant de petits muezzins renégats :

— Le sommeil vaut mieux que la prière.
... Dormez! ô fils des Puritains!... Dormez,
doyens et marguilliers!... Laissez vos pieds
si prompts à aller au péché reposer dans
les draps... Laissez vos mains si disposées
à serrer celles des profanes se croiser
derrière l'oreiller!... Le sommeil vaut
mieux que la prière...

Et en vérité, quoique la matinée fût déjà
avancée, il y avait du sommeil dans l'air.
Accablé par les influences combinées de la
mer, du ciel et de l'atmosphère, je finis
par succomber et m'allonger sur un rocher
à fleur de terre, au penchant d'un talus
tourné vers le large. L'Atlantique s'étendait
devant moi, à peine éveillé, lui aussi,
exhalant lentement, d'un rythme égal, ses
soupirs alanguis. Sur l'horizon brumeux, il
n'y avait pas une voile. Que faire, sinon
rester là, immobile, à contempler ce bleu?

Tout à coup une bouffée de tabac vint
frapper mes nerfs olfactifs. En me retournant, j'aperçus une petite fumée qui s'élevait au-dessus d'un rocher voisin. Je me

remis aussitôt sur mes pieds, je franchis
l'obstacle, et je me trouvai au bord d'un
petit creux tapissé de mousses et de lichens,
dans lequel s'était confortablement établi
un homme jeune et vigoureux.

Il était sale et déguenillé ; il avait trop
de cheveux, trop d'ongles et de traces de
sueur ; trop de ces diverses excroissances et
sécrétions contre lesquelles la civilisation
lutte sans relâche. Mais fort évidemment,
il n'avait que cela de trop. C'était le type
du vagabond.

Nous sommes toujours prompts à blâmer
chez les autres les défauts qui nous pa-
raissent naturels et légitimes en nous-
mêmes. Aussi ne manquai-je point de m'indigner intérieurement de la paresse de cet
homme. Peut-être laissai-je percer ce sentiment dans mon attitude, car il se souleva
sur un coude, sembla vouloir s'excuser du
regard de s'être ainsi laissé surprendre, et
fit un mouvement comme pour secouer le
feu de sa pipe contre la muraille de granit.

— Assurément, monsieur, commença-t-il,

si j'avais cru empiéter sur les terres de
Votre Honneur, je n'aurais pas manqué
d'aller m'allonger plutôt sur la plage, avec
la brise salée pour couverture. Mais voici dix-
sept milles que j'ai faits cette bienheureuse
nuit, sans rien pour me soutenir, et avec une
faiblesse mortelle à combattre dans mes
boyaux, par la raison qu'ils sont absolument vides... Encore puis-je m'estimer heureux que la veuve Maloney m'ait donné un
peu de tabac, là-bas au carrefour... Ah !
c'est un triste jour, celui où j'ai quitté mon
foyer en Milwaukee pour me rendre à pied
à Boston ! Monsieur, Dieu vous bénirait
pour sûr, si vous vouliez bien obliger, en
lui prêtant vingt-cinq sous jusqu'à ce qu'il
ait de l'ouvrage, un pauvre homme qui a
laissé derrière lui une femme et six enfants !...

L'idée me vint subitement que ce même
homme avait la veille au soir reçu l'hospitalité dans la cuisine de mon modeste cottage, à deux milles de là. Il s'était présenté
comme un pêcheur en détresse, victime d'un

capitaine inhumain qui se refusait à lui
payer son salaire ; ajoutant qu'il avait dans
le village voisin une femme en train de
mourir de consomption, et dans les rues
de Boston deux enfants errants, dont un
infirme. Un tel acte d'accusation contre la
Destinée n'avait pas manqué d'émouvoir
toute ma maisonnée, qui s'était empressée
de pourvoir l'infortuné pêcheur de vêtements, de vivres et de monnaie.

Les vivres et la monnaie avaient naturellement disparu. Mais les vêtements desti-
nés à la pauvre femme malade, où étaient-
ils ?... A terre, en un gros paquet roulé en
guise d'oreiller.

Je m'empressai de résumer ces faits et
d'accuser l'homme d'imposture flagrante.

A mon extrême surprise, il prit la chose
non seulement avec douceur, mais presque
avec complaisance.

— Sur ma parole, vous avez raison,
monsieur, absolument raison !... Mais vous
comprenez bien (d'un ton confidentiel) qu'en
attendant de trouver de l'ouvrage, — car

15

c'est de l'ouvrage que je cherche, pas autre
chose ! — je suis bien obligé, de temps à
autre, de dire un petit mensonge pour m'ac-
commoder aux circonstances et aux localités.
Dieu nous sauve ! Ils sont si durs, sur la
côte, à tous ceux qui ne sont pas matelots !

Ici, je crus pouvoir hasarder cette opinion qu'un homme solide et vigoureux,
comme il semblait être, aurait pu trouver
de l'ouvrage entre Milwaukee et Boston.

— Ah ! c'est que je ne me suis pas arrêté,
ayant un passage gratuit sur un train de
marchandises... C'est dans l'Est que je
comptais trouver de l'ouvrage...

— Vous avez un métier ?

— Si j'ai un métier ?... Je suis briquetier, monsieur, et Dieu sait si j'en ai fait,
de ces briques, en Milwaukee !... Je puis
me vanter de n'être pas plus maladroit qu'un
autre... Peut-être Votre Honneur pourrait-il
m'indiquer un four à briques quelque part
dans ce pays ?...

Il n'y en avait pas un, à ma connaissance, à plus de cinquante milles à la ronde;

et de tous les pays du monde, celui où il
y avait le moins de chances d'en rencontrer
un était très probablement cette presqu'île
sablonneuse et réservée à la villégiature de
quelques baigneurs opulents. Je ne pus
m'empêcher d'admirer l'aplomb du mécréant, qui savait tout cela au moins aussi
bien que moi.

— Je vais vous donner de l'ouvrage pour
un jour ou deux, lui dis-je en l'invitant à
prendre le paquet de la femme malade et
à me suivre.

Cette invitation le prit par surprise, et, je
crois bien, le consterna d'abord. Mais il se
remit promptement et recouvra bientôt la
parole.

— De l'ouvrage ! s'écria-t-il. Dieu soit
loué ! Je suis toujours prêt et dispos,
quoique à la vérité il est bien possible que
le métier de briquetier m'ait un peu gâté
la main pour autre chose...

— Soyez sans crainte à cet égard. Le
travail que je vous destine n'a rien de difficile ou de délicat.

Nous nous dirigions vers mon cottage à travers les dunes. Je dus bientôt m'apercevoir qu'en dépit de mon état de maladie je marchais infiniment mieux que mon compagnon. A tout instant, il se laissait distancer et restait en arrière. Même comme *vagabond* c'était donc un imposteur, en se rapportant à l'étymologie du mot? Nous ne rencontrions pas une barrière sans qu'il saisît cette occasion de s'arrêter comme pour continuer plus confidentiellement le récit de ses malheurs, qu'il avait repris en marchant. Il avait visiblement grand'peine à résister à l'invitation muette d'un rocher moussu ou d'une touffe de gazon salé.

— Vous comprenez, monsieur, disait-il en s'asseyant tout à coup, que si mes infortunes n'avaient pas commencé en Milvaukee...

Et c'est seulement quand j'étais hors de portée de sa voix qu'il se décidait à reprendre lentement son paquet et à se traîner après moi.

Quand nous arrivâmes enfin à la porte

de mon jardin, il commença par s'accouder
sur les barreaux, puis étirant ses bras
robustes :

— N'est-ce pas une bénédiction, s'écria-
t-il, que le dimanche arrive pour donner un
jour de repos aux faibles et aux voyageurs,
surtout quand ils l'ont gagné en faisant
dix-sept milles à pied ?...

La conclusion était claire. Il n'y avait pas
à compter sur le moindre travail pour ce
jour-là. Je vis pourtant la physionomie du
vagabond s'éclairer d'un sourire satisfait
quand il remarqua combien mon domaine
était modeste et put s'assurer que le jardin,
— ou ce qu'on appelait de ce nom, — se
composait d'une plate-bande unique, de
vingt-cinq pieds sur dix.

Sans doute il avait été employé déjà, dans
la mesure de ses forces morales, à des travaux de terrassement, et c'est apparemment
l'ouvrage qu'il espérait, car je vis sa figure
s'allonger quand je lui fis part de ce que
j'attendais de lui.

Il s'agissait de relever un petit mur en

pierres sèches, long d'une vingtaine de pieds au plus, et à cet effet d'aller chercher des moellons sur les pentes voisines. Notre homme fut bientôt confortablement établi à l'office, où la cuisinière, une *payse*, sembla ne pas lui ménager les railleries dans un dialecte d'ailleurs inintelligible. Ce qui n'empêcha pas qu'au coucher du soleil, je les vis partir ensemble pour la fontaine, Brigitte les mains vides, et lui brandissant avec ostentation le seau qu'il s'agissait de remplir. Mais, au retour, c'était Brigitte qui portait le seau plein d'eau, tandis que mon ami le vagabond se contentait de l'escorter, en bavardant gaiement et cueillant des mûres dans les haies.

Le lendemain, à sept heures, il s'attela vaillamment à l'ouvrage. A neuf heures, il avait mis trois pierres en place, — ni plus ni moins. — Il est vrai qu'il avait fallu du temps pour trouver une pioche et un marteau, en faisant à cette occasion un bout de causette avec Brigitte.

Vers dix heures, je crus devoir descen-

dre pour inspecter les travaux. Grave
imprudence. L'homme s'empressa de suspendre son ouvrage, ôta respectueusement
son chapeau et s'accota à la barrière pour
entamer la conversation.

— Aimez-vous les mûres sauvages, *capitaine?* me demanda-t-il.

Voyant poindre sa conclusion, je m'empressai de déclarer que mes enfants en
apportaient souvent des environs.

— Ah ! capitaine, reprit-il, il n'y a personne comme moi pour les trouver et les
choisir... L'habitude, vous comprenez, à
force de voyager à pied, sans autre chose
à se mettre sous la dent!... Tout à l'heure,
vos enfants, — de superbes garçons, sur
ma parole, capitaine, — me demandaient
de leur montrer les bons endroits, que
moi seul connais...

Inutile de dire que je capitulai. Selon
l'usage des vagabonds de tout ordre, il avait
déjà mis les femmes et les enfants de son
côté. Il fallut le laisser faire.

Il partit donc à onze heures et revint à

quatre, avec un petit panier de mûres. De
l'interrogatoire auquel je me livrai, il ré-
sulta que les enfants s'étaient fort amusés.
Mais, en les pressant un peu, je leur fis
avouer qu'ils avaient trouvé et cueilli toutes
les mûres.

De quatre à six, il y eut encore trois
pierres déposées, et les rudes travaux de
la journée furent à leur terme.

Comme je donnais un coup d'œil à cette
première ligne de six moellons, le vagabond étira ses grands bras et dit :

— Oui, voilà justement ce qu'il me faut !
C'est de l'ouvrage. Donnez-moi de l'ouvrage,
— je ne demande rien de plus !...

Je me hasardai à constater qu'il n'avait
pas encore fait grand'chose.

— Attendez à demain, monsieur, et vous
verrez !.. Mes mains ont encore l'habitude de
la briqueterie et ne sont pas encore faites
au moellon... Mais vous verrez demain !...

Le lendemain, je me trouvai obligé de
m'absenter de bonne heure. A mon retour,
vers midi, voici le spectacle qui s'offrit à

mes yeux étonnés. Mes deux enfants, activement occupés à placer les lignes de
moellons, avec l'aide de Brigitte et de
Norah, qui allaient les chercher sur les
pentes voisines, — tandis que mon ami le
vagabond, confortablement allongé sur la
crête du mur, surveillait les opérations et
les dirigeait avec force commentaires humo-
ristiques.

Sur le premier moment, j'eus la sottise
de m'indigner. Mais notre homme me rappela bien vite à une appréciation plus juste
de la situation.

— Eh quoi ! monsieur, s'écria-t-il, je ne
fais que donner à ces enfants des habitudes
d'activité et de travail ! Puissent-ils ne
jamais connaître, pourtant, ce que c'est que
gagner son pain à la sueur de son front !
Mais ils croient jouer seulement, les chers
mignons... Quant à ces demoiselles, assurément il vaut mieux qu'elles soient ici à
faire du bon ouvrage pour Votre Honneur,
qu'à la cuisine en train de bavarder et de
perdre leur temps !

15.

Que répondre à de tels arguments? Je me contentai d'interdire pour l'avenir toute intervention de mes enfants ou des servantes dans le travail du compagnon.

Ce fut sans doute cet embargo qui me valut le lendemain matin, de sa part, une demande d'audience.

— Désolé d'avoir à vous le dire, monsieur, commença-t-il, mais j'ai lieu de craindre que le maniement de ces moellons ne me gâte la main pour mon métier de briquetier. Il vaut décidément mieux que je vous quitte pour chercher de l'ouvrage dans ma partie... Car c'est tout ce que je demande! Je ne suis pas homme à manger chez vous le pain de la paresse, capitaine! Ainsi donc, adieu, et si vous voulez seulement m'avancer cinquante sous jusqu'à ce que je trouve un four à briques, Dieu vous le rendra, pour sûr...

Il eut ses cinquante sous. Il eut aussi une lettre d'introduction pour un de mes voisins, médecin retiré et fort riche, qui vivait sur un vaste domaine en le dirigeant

lui-même avec un esprit éminemment pratique et une entente parfaite des affaires.
Les ouvriers qu'il occupait étaient toujours nombreux; je me disais que s'il y
avait réellement en mon ami le vagabond
une capacité de travail quelconque, le docteur était homme à la découvrir, et à triom-
pher où mon indolence avait échoué.

J'eus l'occasion de le rencontrer peu de
jours plus tard, et ce n'est pas sans quelque embarras que je lui demandai des
nouvelles de mon protégé.

— Attendez, que je me souvienne! me dit
le docteur en réfléchissant. Ah! j'y suis. Il
est arrivé le mardi et reparti le jeudi. C'est
un grand et fort gaillard, n'est-ce pas,
plein de bonne volonté et de bonne humeur,
mais affligé de la plus singulière variété de
maladies... Le premier jour, je l'avais mis à
l'ouvrage dans les écuries : le voilà pris de
frissons et de fièvres qu'il rapporte de la
Louisiane...

— Excusez-moi, interrompis-je : c'est du
Milwaukee que vous voulez dire sans doute...

— Je sais fort bien ce que je dis, répliqua le docteur assez sèchement. D'ailleurs il m'a conté toute sa misérable histoire, son évasion de l'armée confédérée, ses luttes contre des bandes de nègres armés, ses longues nuits passées à se cacher dans les marais...

— Bon, bon, docteur, cela suffit... Mais vous dites qu'il est malade?

— Empoisonné de *malaria*, mon cher! Je commençai donc par le faire rouler dans des couvertures et traiter au sulfate de quinine. Mais le lendemain, nous avons affaire à des symptômes de choléra et il faut le mettre à l'eau-de-vie, au poivre rouge... Enfin, le troisième jour, le rhumatisme se mit de la partie... Bref, il était hors d'état de travailler, et j'ai pris le seul parti raisonnable: celui de l'envoyer au directeur de l'hôpital de la Cité... Comme sujet pathologique, il avait du bon... Mais c'était un garçon d'écurie qu'il me fallait, et je ne pouvais pas le laisser cumuler les deux fonctions...

On ne savait jamais, avec le docteur, s'il

parlait sérieusement ou non. Je pris donc
le parti de changer de sujet.

Le vagabond s'effaça peu à peu de ma
pensée. C'est à peine s'il était resté de lui
un vague parfum d'oignons et de whisky
dans la grange où il avait passé la nuit
chez moi. Mais en deux ou trois semaines,
ce parfum s'évapora, et la Boîte-à-Thé, —
comme mes amis appelaient irrévérencieu-
sement mon habitation, — ne garda bientôt
plus aucune trace du voyageur. Je me plai-
sais à supposer qu'il avait enfin trouvé des
briques à faire, ou qu'il avait rejoint sa
famille dans le Milwaukee, si toutefois il
n'embellissait pas de sa présence son foyer
de la Louisiane, ou ne tentait pas de nouveau sur les vagues la fortune de la pêche,
cette fois sous un noble et équitable capitaine.

Par une belle matinée d'août, j'arrivais à
cheval en visite chez une famille notable
des environs, — un de ces foyers d'élite
où tous les fils sont vaillants et toutes les
filles jolies. Il n'y avait pas une âme sur

le devant de la maison, mais de la vérandah de derrière venaient des frous-frous
soyeux couverts par des accents éplorés qui
semblaient ceux d'Ulysse racontant ses
voyages.

Je reconnus la voix du vagabond. Des
quelques mots qui arrivaient à mes oreilles,
il résultait qu'il arrivait à pied de Saint-
John, au Canada, pour rejoindre à New-
York sa pauvre femme, qui vivait provi-
soirement chez des parents aisés, mais de
mœurs suspectes.

— Croyez bien, miss, poursuivait la voix,
que je ne vous demanderais pas de m'avancer seulement un sou, s'il m'était possible
de trouver de l'ouvrage... Je suis tisseur
en tapis de mon métier... Peut-être connaî-
triez-vous par ici une manufacture où l'on
pourrait m'occuper?... Ah! miss, ne me
donnez rien, si vous voulez!... C'est bien
assez, pour un pauvre homme comme moi,
d'avoir fait venir des larmes aux plus beaux
yeux du monde! Dieu vous bénisse, miss!..

Les Plus Beaux Yeux du Monde apparte-

naient à la plus tendre et à la meilleure des
créatures. Je crus nécessaire d'intervenir
entre eux et le plus affreux gredin de la
terre. Ouvrant la porte sans même attendre
que le domestique m'eût annoncé, je me
précipitai vers la vérandah...

Si j'avais espéré toucher par cette entrée
mélodramatique la conscience du vagabond,
mon espoir fut déçu. Il ne m'eut pas plus
tôt reconnu, qu'il poussa un cri de joie,
se jeta sur ma main, et se tournant vers les
dames :

—C'est Lui! cria-t-il avec enthousiasme.
C'est Lui-même qui arrive pour porter
témoignage de mon caractère. Lui qui m'a
recueilli, il y a quatre semaines, sur la côte
où je gisais dans un accès de faiblesse mortelle! Lui qui m'a donné l'hospitalité à son
foyer, qui m'a soutenu dans l'infortune, qui
me voyant pris de frissons et de fièvre, —
Dieu le bénisse! — a ôté son propre habit
pour m'en couvrir, en disant : « Prenez-le,
Diunis, ou vous allez mourir de froid!... »
Regardez-le, miss!... Regardez sa douce

figure qui rougit modestement comme la vôtre, miss!... Regardez-le, je vous en prie... Il va me démentir à l'instant, je le sais, mais puisse la bénédiction du ciel tomber sur lui... Oui, regardez-le, miss... Quel joli couple vous faites tout de même! (Le scélérat savait fort bien que j'étais marié.) Ah! miss, si vous pouviez le voir écrivant du matin au soir de sa belle écriture... (D'après les bavardages de mes servantes, il me prenait sans doute pour un maître de calligraphie.) Si vous pouviez le voir, vous seriez fière de lui!...

Il s'arrêta hors d'haleine.

Pour moi, j'étais si stupéfait, je ne trouvais rien à dire. Le terrible réquisitoire que j'avais sur les lèvres en ouvrant la porte s'était évaporé. Et, ma foi, les Plus Beaux Yeux du Monde se levaient vers moi avec un regard si reconnaissant...

Néanmoins, je conservai encore assez de dignité morale pour prier les dames de se retirer, en me laissant le soin d'examiner le cas de mon ami le vagabond, et de voir ce

qu'on pouvait faire pour lui. (Je sus plus
tard que le brigand avait déjà vidé leurs
petites bourses et empoché trois dollars et
demi.) La porte ne se fut pas plus tôt refermée sur nous, que je me tournai vers
lui :

— Misérable !...

— Ah ! capitaine, vous ne voudriez pas
me refuser une attestation, après celle que
je viens de vous donner ! Dieu me sauve !
si vous aviez vu seulement le regard que la
jolie demoiselle vous a lancé !... Oh !
certes, avant que les fièvres n'eussent ruiné
ma constitution, quant j'étais un jeune
homme gagnant ses dix dollars par semaine
à faire des briques, — c'est moi qui n'aurais pas laissé échapper...

Je l'interrompis.

— Je considère qu'un dollar est tout ce
que vaut votre histoire, lui dis-je d'un ton
sévère. Et comme je vais être obligé de la
démentir en dévoilant toute la vérité sur
votre compte, j'estime que ce que vous
pouvez faire de mieux, c'est de partir sans

délai pour le Milwaukee, pour New-York ou
la Louisiane...

Je lui tendis le dollar.

... Et tâchez qu'on ne vous revoie pas !

— Il n'y a pas de danger, capitaine.

En effet, je ne le revis plus.

Vers la fin de la saison, quand la plupart
des baigneurs furent repartis pour leurs
serres chaudes de Boston ou de Providence,
je déjeunais un matin avec un retardataire.
C'était un avocat, plein d'honnêteté, de
principes, de règles de conduite, de données
statistiques, de préférences esthétiques, —
toutes vertus qu'il savait d'ailleurs posséder
et dont il n'ignorait pas la valeur sur le
marché.

Pour moi, je crois bien qu'il me regardait comme un pauvre étranger dont les
opinions n'avaient aucun poids. Il avait
pour habitude de combattre, poliment mais
résolument, mes arguments sur tous les
sujets possibles, révoquant fréquemment
en doute mes assertions, généralement mes
conclusions et toujours mes idées.

On aurait dit, quand il causait, qu'il daignait à peine descendre à demi un prodigieux escalier intellectuel et moral, pour vous envoyer son verdict par-dessus la rampe.

Je lui avais parlé de mon ami le vagabond.

— Il n'y a qu'une manière efficace de traiter ces imposteurs, prononça-t-il. C'est de les considérer avec la loi comme des « gens sans aveu », et de regarder leur métier comme un délit. En vous plaçant à tout autre point de vue, vous devenez *ipso facto* leur complice. Je n'oserais pas affirmer, par exemple, que vous ne vous êtes pas exposé à une action correctionnelle pour encouragement au vagabondage. Personnellement, j'ai un procédé certain pour me débarrasser de cette canaille...

Il se leva et prit au manteau de la cheminée un fusil à deux coups.

—... Quand un vagabond se présente sur ma propriété, je l'avertis de se retirer. S'il insiste, je fais feu sur lui, comme je n'hésiterais pas à le faire sur tout autre délinquant.

— Vous faites feu sur lui ? m'écriai-je épouvanté.

— Oh ! rassurez-vous, *à poudre seulement*. Mais naturellement il n'en sait rien, et je vous réponds qu'on ne le revoit pas...

Je fus subitement frappé de cette pensée que tous les arguments de mon ami pourraient bien n'être aussi que des cartouches vides, destinées à épouvanter seulement l'intelligence du prochain. Il reprit :

—... Il va sans dire, d'ailleurs, que si le vagabond revenait à la charge, je me croirais parfaitement autorisé à employer du plomb. Mais ce n'est pas encore arrivé... Hier soir encore, j'ai eu une visite de ce genre. Le gaillard était en train de passer par-dessus le mur de mon jardin. Mais ma poudre a fait son effet... Il fallait le voir courir !...

A quoi bon discuter avec un esprit aussi positif ? Je laissai tomber la conversation et je partis pour faire un tour sur les dunes.

Mon ami devait m'y rejoindre après avoir réglé quelques affaires domestiques.

La matinée était aussi calme et aussi belle que celle du premier jour où j'avais rencontré mon ami le vagabond. Le silence dominical régnait sur terre et sur mer. Quelques voiles blanches scintillaient à peine au loin, paresseusement, — deux ou trois gros navires arrivaient sans se presser, comme le vagabond.

Mon hôte me rejoignit. Il semblait préoccupé.

— Je viens d'apprendre quelque chose d'assez grave, fit-il. En dépit de toutes mes précautions, il paraît que ce vagabond, dont je vous parlais tout à l'heure, avait réussi à se glisser dans ma cuisine et dîné avec mes domestiques. Il a même eu l'audace, hier matin, pendant mon absence, d'emprunter mon fusil, pour aller tirer aux canards sauvages. Au bout de trois heures, il est rentré, avec deux pièces de gibier — et le fusil...

— Eh bien ! c'est encore honnête de sa part !.

— Sans doute. Mais mon idiote de cuisinière dit qu'en lui rendant le fusil il l'a
prévenue que tout était en ordre et qu'il
l'avait rechargé pour m'éviter cette peine...

Ma physionomie trahit sans doute mes
sentiments, car il se hâta d'ajouter :

— Oh! ce n'était que du plomb à canards! Je ne crois pas qu'il puisse avoir eu
grand mal...

Nous fîmes quelques pas en silence.

—... Je me disais bien aussi que mon
fusil avait plus de recul qu'à l'ordinaire,
reprit-il après un instant. Mais comment
aller imaginer?... Hallo! qu'est ceci?...

Nous étions arrivés auprès du creux où
pour la première fois j'avais trouvé mon
vagabond. Le creux était désert, mais sur
la mousse il y avait des traces de sang
et des lambeaux de vieille robe, tachés aussi,
et déchirés comme pour servir de bandes.

J'examinai ces chiffons et je les reconnus : c'étaient les restes du vêtement
destiné à la pauvre femme de mon ami le
vagabond.

Cependant, mon hôte, inquiet, suivait les traces de sang qui se continuaient jusqu'à la mer, sur les rochers et sur les mousses.

Je le suivais. Quand je le rejoignis, il s'était arrêté sur une pierre plate et se penchait sur un paquet noué dans un mouchoir que je connaissais bien, au bout d'une canne de sarment à crosse recourbée.

— Il sera venu jusqu'ici pour laver ses blessures ; le sel marin est un styptique énergique, dit l'avocat avec sa précision ordinaire.

Je ne répondis rien, et je regardai la mer. Quel que fût son secret, elle le gardait pour elle. Quoi qu'elle eût vu la veille au soir, elle n'en avait pas conservé de trace. Elle s'étendait devant nous, étale, impassible et silencieuse. Et mon ami le vagabond était parti pour toujours !

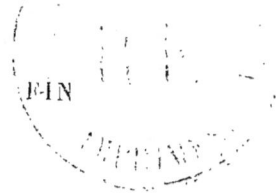

FIN

TABLE

PARIS. — IMPRIMERIE CHAIX, 20, RUE BERGÈRE. — 14154-2.

NOUVEAUX OUVRAGES EN VENTE
Format in-8°.

Format gr. in-18 à 3 fr. 50 c. le volume.

Paris. — Imprimerie Put. Dosc. 3. rue Auber